KB119944

딱 일 년만 청소하겠습니다

오십이 되면

다르게
살고 싶어서

딱 일 년만 청소하겠습니다

오십이 되면

다르게
살고 싶어서

최성연 지음

위즈덤하우스

차례

1부

겨울

얼떨떨한 몸과 마음이 풀리기까지

2부

봄

일머리가 자라나자 의구심도 피어나고

3부

여름

뜨거운 노동, 뜨거운 고민

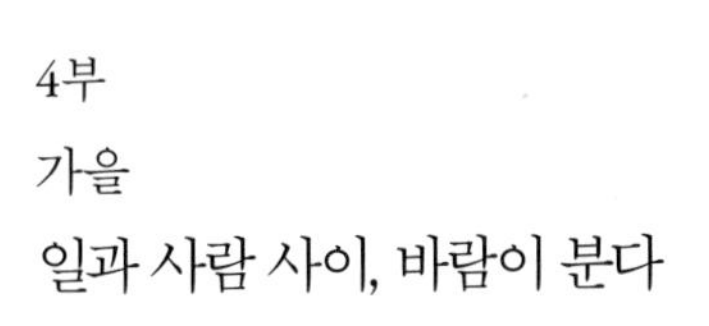

4부

가을

일과 사람 사이, 바람이 분다

추천의 말

우리는 왜 일을 하는 걸까요?

최은경 (오마이뉴스 기자)

지역의 큰 회사에서 오래 근무한 50대 여성의 이야기를 들었다. 20년 넘게 열심히 일했지만, 나이 들어서 한직으로 발령을 받았다고 했다. 남 보기에 자존심도 상하고 일도 많아 힘들지만 그만둘 수가 없다고 했다. "지금 재취업하면 누가 나에게 이 정도 월급을 주겠어요?"라면서. 따박따박 나오는 월급 때문에, 한창 교육시켜야 할 아이들이 있기에 몸이 아파도 일할 수밖에 없다는 이야기를 들으며 새삼 돈벌이의 고단함에 대해 생각했다.

이 분의 사례가 특별해서 하는 말은 아니다. 회사를 그만두지 못하는 이유는 대부분 돈 때문이니까. 나 역시 그렇다. 노동은 신성한 게 아니라 현실이다. 돈과 직결된다. 돈을 벌어다 주지 못하는 노동은 고통스럽다. 이는 평생 글 쓰면서 연극 지도를 하던 저자가 겪는 시련이기도 했다. 그래서 저자는 딱 오십이 되던 해, 잠시 예술 활동을 그만두고 안정적으로 수입을 얻을 수 있는 일을 하기로 한다. 이 책이 특별한 이유는 여기에 있다.

이 글은 오마이뉴스에 실린 연재 기사 '쓸고 닦으면 보이는 세상'에서 시작되었다. 편집기자인 나는 이 글의 첫 번째 독자이기도 했는데, 한 편씩 글이 들어올 때마다 설렜던 감정이 지금도 생생하다. 50대 고학력자 여성이 청소노동자가 되어 바라본 자신과 세상에 대한 이야기는 여러모로 신선했다. 평생 예술을 하던 사람이 편견 없이 청소일을 선택한 점, 그 과정을 구구절절 늘어놓지 않는 산뜻함, 그저 '필요한 돈을 벌기 위한 선택이었을 뿐'이라고 말하는 당당한 목소리가 좋았다. 게다가 노동하는 한 인간의 진솔한 고백은 그 자체로 단단한 힘이 있었다. 삐딱하게 날 선 글일 때도 있었지만, 다부지게 자기 목소리를 담은 그의 글에서 삶의 지혜를 배울 수 있었다.

청소하는 일에 대해 쓰고 있으나, 내가 하고 있는 일과 크게 다르다고 느껴지지도 않았다. 당장이라도 내 일에 적용해서 나를 돌아보게 하는 말들이 마음에 별처럼 박혔다. '몸으로 하는 일에 마음이 함께 쓰이지 않으면 일이 제대로 되지 않는다'는 것, '노동은 노동일뿐 마음 주지 말고 정 주지 말아야 한다'는 것, '노동자들은 사용자가 생각하는 것 이상으로 자신이 하는 일을 잘 알고 있으며 더 잘하고 싶어 한다'는 것, '일의 이유를 알고 일할 때와 아무런 이유도 목적도 모른 채 그냥 일할 때, 일하는 사람의 몸과 마음은 많이 다르다'는 내용 같은 게 그랬다.

작가는 내게 말했다. 평생 희곡을 쓰고 등단을 위해서 소설만 썼지, 이런 에세이를 쓰게 될 줄 몰랐다고. 그래서 독자들의 높은 관심에 놀랐고, 고마웠다고. 그 말을 듣고 내가 물었다. '쓸고 닦으면 보이는 세상'을 쓰면서 작가 자신은 무얼 배웠느냐고. 곰곰이 오래 생각한 작가는 '나도 힘들지만, 너를 보고 견딘다'라고 한 지인의 말을 떠올렸다. 그러면서 "제 글이 어느 누군가의 삶에 조금이나마 영향을 준다는 것을 알게 되었다."라고 말했다.

작가는 인생에서 가장 결정적인 순간에, 사는 대로 생각하는 삶을 거부했다. 생각하는 대로 살고자 했다. 오래 함께 해 온 일에 '넌 딱 여기까지'라고 금을 긋고, 새로운 일을 위해 변기 솔과 락스 통을 들었다. 우연히 청소일을 시작하며 쓴 글은 책이 되어 세상에 나왔다. 계획대로 되지 않는 게 인생이라는 것을 그는 온몸으로 보여 줬다. 이 책을 읽고 100세 시대 '예비 퇴사자'인 내 인생 2막이 어떻게 될 것인지에 대한 걱정은 잠시 접어 두기로 했다. 대신 도전하지 않으면 삶은 아무것도 달라지지 않는다는 걸 확인했다. 무언가를 배울 기회마저 잃는다는 것도.

책을 열며

우연이라서 소중한

나는 어려서부터 다재다능하다는 말을 많이 들었다. 그림을 잘 그렸고, 이것저것 만들기도 잘했으며, 글짓기도 잘했다. 피아노 전공으로 대학에 진학할 정도로 음악적인 감각도 뛰어났다. 달리기만 빼면 몸으로 하는 것도 다 잘 따라 하는 편이었다.

커서도 나의 재능과 흥미는 하나로 집중되지 않았다. 피아노 전공으로 대학을 졸업하고 생뚱맞게 연극영화과 대학원에 간 것도 그렇고, 연극이라는 분야 안에서도 한 역할에 몰두하지 못하고 연기도 하고 희곡도 쓰고 연출도 하고 연극 음악이나 무대 영상을 만들며 라이브 연주를 한 것도 그렇다. 최근에는 요가의 세계에 눈을 뜨게 되어 요가 강사 타이틀도 하나 늘었다. 이렇다 보니 어느 한 분야에서도 소위 성공이란 걸 하지 못하고, 이것저것을 적당히 할 줄 아는 정체불명의 존재가 되고 말았다. 사람들은 이런 나에게 '재주가 참 많다'고 칭찬하지만, 그 칭찬 속에는 언제나 한 방울의 안타까움과 염려가 섞여 있다. '뭐든지 다 하는 사람'은 결국 '아무것도 아닌 사람'인 것만 같아서 나는 그 많은 타이틀이 자랑스럽기는커녕 오히려 민망하다.

그러던 중 내 나이 오십에 청소노동자로서 일 년을 살게 되었다. 돈을 벌겠다는 이유가 가장 컸지만, 그게 다는 아니었다. 막연하게 단순한 삶—영어로 했을 때 더 와 닿는—'심플 라이프A Simple Life'를 살아보고 싶었다. 이것도 잘하고 저것도 잘하지만 정작 돈 버는 일로는 딱히 쓸 데가 없고 팔자만 세게 만든다는 허다한 재주와 상관없이, 이 치열한 세상 한 귀퉁이를 담당하는 일을 하며 돈을 벌고 싶었다. 그런데 왜 하필 청소였을까? 생각나는 게 하나 있긴 하다.

칠 년 전쯤 아침마다 녹즙 배달을 한 적이 있다. 유흥가와 사무실이 함께 밀집해 있는 동네였는데 그중엔 보험사 지점들도 있었다. 녹즙을 고객의 책상에 놓아 주기 위해 사무실 깊숙한 안쪽까지 들어가다 보니 모든 영업 사원을 모아 놓고 아침 조회하는 광경을 목격하게 되었다. 나는 적잖은 충격을 받았다. 상사에게 혼나는 직장인의 모습은 TV에서 흔하게 보았지만 직접 목격한 장면은 그런 차원과 완전히 달랐다. 영업 실적이 저조하다는 이유로 그렇게 심한 고함과 욕설을 듣는 줄은 정말 몰랐다. 학습지 판매 회사에는 눈을 돌리는 곳마다 영업 사원별 실적 그래프와 영업을 독려하는 전투적인 문구들이 가득했다. 세상은 내가 생각했던 것보다 훨씬 냉엄하고 혹독한 곳이었다. 나 역시 녹즙을 배달만 하는 게 아니라 영업을 해서 고객 수를 늘려야 했고, 그게 어려워 몇 달 만에 그만두었다.

당시 나는 심혈을 기울인 연극 작품을 무대에 올려도 보러 오는 관객이 얼마 없어 속상해하곤 했다. '왜 사람들은 연극 한 편 보러 올 여유가 없지?', '문화 예술에 대한 관심이 너무 없는 거 아냐?' 답답한 마음에 투덜거리기도 했다. 그러다 영업 사원들의 전쟁 같은 삶을 잠시 엿본 뒤로는 그런 사람들에게 연극이니 문화 예술을 들이댄다는 게 참으로 시건방진 일임을 깨닫게 되었다. 그런 분들이 낸 피 같은 세금으로 마련한 지원금 덕분에 예술 활동이라는 명목으로 내가 하고 싶은 일을 할 수 있었다는 생각에 이르자 죄스럽고 부끄러웠다. 돌이켜 보면 그때 나는 세상을 지나치게 단순한 구도로 보고 있었고 도덕적 허영도 상당했다. 이 일로 나는 한동안 예술을 하는 사람으로서 유희遊戲의 무용성에 대한 원죄 의식에 시달렸다. 이로부터 자유로워진 건 비교적 최근의 일이다.

그때 내가 예술가입네 하는 한량이 되지 않기 위해 자신을 성찰하는 거울로써 떠올린 존재가 농부와 청소부였다. 생존을 위한 가장 기본적인 일이 농사일과 청소일이라고 생각했기 때문이다. 더불어 나의 작품이 누군가의 생존을 돕고 의미를 줄 수 있는지 자문하며 스스로를 검증하곤 했다. 그렇게 당시 나에게 청소일은 '세상에 꼭 필요하고 중요한 일'이라고 각인되었다.

그렇다고 해서 올해 내가 새로운 일자리를 구할 때 청소일만 찾은 것은 아니다. 무슨 일이든 시간과 급여만 맞으면 가리지 않고 지원했다. 무엇보다 돈을 벌어야만 했기 때문이다. 지금껏 나는 하고 싶은 연극을 하고, 쓰고 싶은 글을 쓰기 위해 언제나 따로 돈을 벌어야 했다. 다양한 일을 가리지 않고 했지만 주로 연극과 관련하여 초등학생부터 대학생까지 두루두루 가르쳤다. 사실은 미화원으로 일하게 된 그해에도 학생들을 대상으로 연극 수업을 하는 혁신 교육 지구의 마을 교사로 일할 기회가 있었다. 그러나 하지 않기로 했다.

첫째, 나의 생계를 감당할 만큼 충분한 수업 시수가 주어지지 않았다. 시간당 임금은 미화원의 세 배 정도 되지만 일 년 수입의 총액으로 따지면, 당시 기준으로는 미화원의 5분의 1이고,

작년 기준으로는 10분의 1에도 못 미쳤다. 과거에 지방 대학에서 시간 강사를 할 때도 한 달 수입은 많아야 80만원이었다.

둘째, 내가 학교에서 연극을 가르친다는 명목으로 막연히 예술 활동을 하고 있다는 착각 속에 살고 있는 게 아닌가 하는 생각이 들었다. 창의·인성·감성을 키우는 학생 중심 예술 교육의 일환으로 교육 현장에 연극 수업이 도입되었지만, 냉정하게 평가해 보건대 마을 교사로 '연극' 혹은 '뮤지컬' 수업을 진행하면서 학생들에게 '예술'을 가르칠 기회는 없었다. 여러 가지 현실적인 이유로 그럴듯하게 보일 만한 공연을 아이들이 습득하게 만들어 무대 위에서 발표하기에만 바빴다.

나는 생계를 위한 활동에 어설프게 예술이라는 명목을 붙이지 않기로 했다. 생계 활동과 예술 활동을 구분하기로 했다.

이런 일들이 계기가 되긴 했지만, 청소일을 만나게 된 건 순전히 우연이었다. 그야말로 순전한 우연. 하지만 우리 삶에서 가장 중요한 일들은 대부분 우연을 통해 일어나지 않던가?

1부  겨울

막상 구직을 하려니 내세울 만한 경력이 하나도 없었다.
실용적인 기술, 확실한 자격증 하나 준비하지 못하고
이 나이 먹을 때까지 살았다는 게 참으로 한심했다.

얼떨떨한 몸과 마음이
풀리기까지

50대 고학력 여성의 마음을 흔든 구인 공고

모두가 새로운 계획을 세우는 한 해의 첫 달, 나는 '올 한 해는 돈을 벌겠다!'는 목표를 세웠다. 이런 새해 목표는 태어나서 처음이었다. 나는 곧 일자리를 찾기 시작했다. 하지만 나이 오십이 다 된 여자가 구할 수 있는 일자리는 많지 않았다. 그놈의 다재다능 덕분에 실로 갖가지 일들을 하며 생계를 꾸려왔음에도 불구하고, 막상 구직을 하려니 내세울 만한 경력이 하나도 없었다. 실용적인 기술, 확실한 자격증 하나 준비하지 못하고 이 나이 먹을 때까지 살았다는 게 참으로 한심했다. 한편으로는 이 상태로 어찌어찌 자식 키우며 살아왔다는 게 기적 같기만 했다. 그래도 일단 시켜만 주면 무슨 일이든 잘할 수 있다는 자신감만큼은 충만했다.

이력서니 자기소개서니 하는 것들을 어렵사리 작성해서 구직 사이트에 등록하자마자 몇 통의 전화가 걸려 왔다. 기쁜 마음에 받아 보니 기획 부동산과 보험 회사였다. 모두 영업직이라 내 능력으로는 어림없는 일이었다. 사진과 자기소개서만 보고 감동받은 건 처음이라며 꼭 한 번만 만나보고 싶다는 기획 부동산 관계자의 달콤한 칭찬에는 하마터면 넘어갈 뻔했지만, 결국 거절했다.

'최종 학력 고졸'로 이력서를 고쳐 쓰다

비슷한 일을 여러 차례 겪고 난 뒤, 나는 이력서를 고쳐 썼다. 학력은 고졸, 경력은 녹즙 배달이나 창고 정리 등 얼마 안 되는 육체노동의 경험만 강조해 적었다. 영업이 아닌 콜센터 업무, 판매 사원, 뷔페 주방일, 미용실 청소, 우유 배달, 고객 응대 데스크 직원 등 특별한 기술 없이 할 수 있는 일은 모조리 지원했다. 하지만 어디에서도 연락은 오지 않았다.

그러다 집 근처 아트센터에서 미화원을 모집한다는 공고를 보게 되었다. 집에서 버스로 다섯 정거장, 아니 걸어서도 충분히 갈 수 있는 거리였다. 근무 시간은 오전 7시에서 오후 4시까지, 월급은 퇴직금 포함 220만 원이라고 했다. 세상에, 이런 일자리가 있다니! 예전에 지방 대학에서 시간 강사를 할 때도 한 달 수입은 많아야 80만원이었는데……. 나는 바로 지원했고, 며칠 후 면접을 보게 되었다.

"화장실 청소도 할 수 있어요?"

면접을 보러 갈 때는 나름 전략을 세웠다. 나의 마른 체형을 보고 약하다고 생각할까 봐 두툼하고 풍성한 옷을 입었고, 좀 더 씩씩해 보이고자 머리카락은 발랄하게 위로 올려 묶었으며, 생기 있어 보이라고 생전 안 하던 볼 터치도 했다. 그런데도 면접관들은 나를 보고 우려를 표했다.

"건물 청소일 해 본 적 있어요?"

"해 본 적은 없지만 정말 잘할 자신이 있습니다. 제가 보기보다 힘이 세고요, 강단도 있습니다. 간단한 집수리나 페인트칠은 혼자서도 거뜬하고, 친구나 가족들이 이사하면 저를 특별히 불러서 청소와 정리를 부탁할 정도입니다."

"젊은분들은 대부분 오래 못 하고 그만두시더라고요."

"저는 청소하는 일이 귀하다고 생각합니다. 환경을 위생적이고 깨끗하게 관리해서 사람들을 이롭게 하는 일이니까요. 제가 이런 가치관을 갖고 있으니 오랫동안 보람을 느끼면서 즐겁게 일할 수……."

말을 너무 많이 했나 싶었지만 강인한 모습을 보여주는 게 더 나을 것 같아 끝까지 말을 마치려는데, 화장실 청소도 할 수 있겠냐는 질문이 훅 들어왔다. 순간 나는 무척 당황했다. 왜였을까? 미화원이라면 화장실 청소하는 게 당연한데 말이다. 청소일을 하겠다고 면접을 보는 순간에도 내심 화장실 청소만큼은 안 했으면 하고 바랐었나 보다. 찰나에 스치는 많은 생각을 뒤로하고 나는 애써 더 큰 목소리로 대답했다.

"물론이죠. 당연히 할 수 있습니다!"

"그 무대에서 공연을 해야 할 사람인 네가……."

며칠 뒤, 전화로 합격 통지를 받았다. 나는 진심으로 기뻤다. 무엇보다 단순한 일을 해서 돈을 벌 수 있다는 게 가장 기뻤다. 내가 그렇게 간절히 원하고 원하던 '단순한 일'이란 누군가를 설득하거나 협상할 필요도, 내가 가르치는 누군가가 반드시 어떤 목표를 이루게 만들려고 발을 동동 구를 필요도, 내가 이러저러한 일을 하겠다고 제안서를 만들어 심사를 받고 또 일이 다 끝난 후에는 결과가 이러저러했다고 일일이 증명할 필요도 없는 일이다. 그러니까 그저 내 몸뚱이 하나만 움직여 주어진 일을 정직하게 해내면 되는 일이다. 그 단순한 일을 하고 꼬박꼬박 정해진 급여를 받게 된다니 정말이지 꿈만 같았다.

나는 이 기쁨을 가족들과 나누고 싶었지만 그럴 수 없었다. 여든이 넘은 어머니는 소위 일류 대학에 대학원까지 나온 딸이 이제 와서 건물 청소를 한다는 사실을 받아들이지 못할 것 같았다. 하지만 생판 거짓말을 할 수는 없어서 '아트센터에서 공연에 관계된 물품과 무대를 정리하는 일'을 하게 되었다고 둘러댔다. 어머니는 한숨을 내쉬며 이렇게 말했다.

"그 무대에서 공연을 해야 할 사람인 네가 그런 뒤치다꺼리를 하게 되었구나."

멀리 떨어져서도 혼자 씩씩하게 잘 지내는 기특한 딸에게는 괜한 부담을 줄까 봐 말하지 못했다. 예술한답시고 근근이 살아온 나를 물심양면으로 늘 챙겨 주는 언니에게도 선뜻 말할 염이 생기지 않았다. 이렇듯 비밀을 숨긴 채 첫 출근을 준비하자니 한편으로는 뭔가 흥미진진한 작전을 수행하고 있는 것 같은 기분도 들었다.

다만 아쉬웠던 건 그동안 진행해 오던 요가 수업을 중단해야 하는 일이었다. 열심히 함께 수련해 온 회원들에게도 미안하고, 덕분에 꾸준히 할 수 있었던 나의 수련이 중단되는 것도 안타까웠다. 하지만 어쩔 수가 없었다. 가장 아끼는 일을 그만두고 나니 그제야 두려움이 스쳤다. 이제는 정말 완전히 새롭고 낯선 세계로 들어간다는 걸 실감하는 순간이었다.

몸이 하는 일을 마음이 모르게 할 수는 없다

청소일을 하면 골치 아프게 머리 쓰는 일 없이 몸만 쓰면 될 줄 알았다. 몸을 움직여서 일한 만큼 결과가 그대로 나타나기에 머리 싸맬 일도 속 끓일 일도 없을 거라고 생각했다.

영업 사원이 고객 다섯 명을 만난다고 다섯 번 모두 판매가 이루어진다는 보장은 없지만, 청소노동자가 변기 다섯 개를 닦으면 변기 다섯 개가 모두 깨끗해진다. 이렇게 명확한 일이 또 어디 있을까? 나에게는 이 점이 청소일의 가장 큰 매력이었다. 하지만 청소가 몸과 더불어 마음을 써야 하는 일이라는 걸 깨닫는 데는 그리 오래 걸리지 않았다.

청소일은 몸만 쓰면 된다고 생각했는데……

면접관에게도 큰소리쳤듯이 나는 내가 정말 청소일을 즐겁게 할 수 있다고 믿었다. 집 청소를 한 뒤 깔끔해진 공간을 바라보며 보람을 느끼고 기분이 좋아지곤 하던 나였다. 그런데 내 집이 아닌 공간을 청소할 때는 그렇지 않았다. 보람과 기쁨을 느낄 새가 없었다.

변기 다섯 개를 닦으면 정확히 변기 다섯 개가 깨끗해지는 건 맞다. 하지만 아주 잠깐이다. 힘들여 솔로 문지르고 수건으로 닦아서 반짝반짝 윤이 나도록 청소하자마자 누군가 들어가서 온통 배설물로 도배를 해 놓고 가 버린다. 로비 바닥은 더하다. 그 드넓은 곳을 얼룩과 먼지 하나 없이 말끔히 닦고 뒤돌아서면, 금세 누군가의 흙 발자국이 도장처럼 선명하게 찍혀 있을 때가 허다했다.

어느 순간 나는 자가당착에 빠졌다. 내가 아트센터를 청소하는 이유는 사람들이 이곳을 찾기 때문이고 또 더 많은 사람들이 이곳을 찾도록 하기 위해서인데, 청소를 열심히 하면 할수록 사람들이 오는 게 싫어졌다. 내가 청소해 놓은 곳은 아무도 건드리지 않았으면 하는 마음이 생겼다. 깨끗이 청소를 하고 나면 로비에 들어서는 사람은 다 밉상이고, 화장실로 향하는 사람은 괜히 알미웠다.

그렇게 한동안 혼자서 아무 죄도 없는 사람들을 미워하다가 문득 정신을 차렸다. 엉뚱한 데에 집착하고 있는 내 모습이 보였다. '청소는 사물을 깨끗하게 하는 일이 아니라 사람에게 봉사하는 일인데…….' 내가 변기를 닦는 건 변기를 위해서가 아니라 사람을 위해서라는 사실을 나는 다시금 상기했다. 새하얗게 빛나는 세면대를 보며 뿌듯해할 것이 아니라, 급한 볼일을 보러 들어가는 사람들, 더러워진 손을 씻고 나오는 사람들을 보며 뿌듯해하자고 그렇게 마음을 쓰자고 거듭 나 자신을 타일렀다.

마음을 담아야만 몸도 제대로 움직인다

오랫동안 청소 노동을 했던 미화원 언니들은 이미 마음을 써서 일하는 법을 터득하고 있었다. 몸으로 하는 일에 마음을 함께 쓰지 않으면 일이 제대로 되지 않는다는 걸 몸소 겪으며 깨달았을 것이다. 언니들은 청소를 '한다'기 보다는 '해준다'고 여긴다. 공간과 그 공간을 사용하는 사람들을 돌본다는 마음이 있다. 배운 것도 없고 기술도 없으니 청소밖에 더 하겠냐는 푸념으로 무겁게 몸을 일으키는 게 아니라, "으이구, 내가 안 치워 주면 꼴이 뭐가 되겠어?" 하며 냉큼 일어선다. 한번은 요청한 비품의 결제가 늦어져 필요한 세제가 떨어졌는데, 한 언니가 자기 돈으로 세제를 사 가지고 왔다. 청소를 해 '줘야' 하는데 세제가 없으니 내가 사서라도 해 '줘야'겠다는 마음이었던 거다.

황당한 지시가 내려온 적이 있다. 풀밭에 놓인 벤치 아래쪽의 풀을 모조리 뽑으라고 했다. 벤치 아래쪽에는 왜 풀이 있으면 안 되는지도 모르겠고, 뽑아 봤자 며칠이면 금방 다시 자랄 텐데 그런 소용없는 짓을 왜 해야 하는지 도무지 이

해가 되지 않았다. 모두 불만스러웠지만 시킨 일이니 하는 수밖에 없었다. 나는 풀을 뽑으면서도 속으로는 내내 투덜거렸다. 그런데 언니들은 어떻게든 그 일에다 마음을 욱여넣었다.

"그래도 이렇게 해 놓으니 깔끔해 보이긴 하네. 안 하는 것보다는 낫잖아?"

나는 내심 놀랐다. 두 가지 생각이 연달아 떠올랐다. 처음에는 높은 곳에 달린 포도를 딸 수 없다는 걸 알게 된 여우가 저 포도는 틀림없이 신 포도일 거라고 스스로를 위로하는 상황인가 싶었다. 하지만 곧, 어찌 됐든 몸이 하는 일에 마음을 담으려고 애쓰는 모습이 귀하다는 생각이 들었다. '돈 벌려면 시키는 대로 해야지 별수 있어?' 하며 신세 한탄을 늘어놓는 것보다는 훨씬 건강하지 않은가?

몸을 낮추려면 마음도 낮추어야

최근 감정노동자들에 대한 사회적 관심이 높다. 고객과 회사가 원하는 대로 표정과 몸짓, 말투를 유지하고 자신이 실제 느끼는 감정을 억눌러야 하는 그들의 일은 우리가 상상하는 것 이상으로 고통스럽다고 한다. 같은 이치로, 몸도 원하지 않는 일을 억지로 할 때 고통스럽다. 머리를 속이는 일은 가능하다. 반복해서 속이면 속는 줄도 모르고 속아 넘어간다. 하지만 몸은 속일 수가 없다. 잠깐은 내 몸을 속여 마음이 우러나지 않는 일을 억지로 하게 만들 수는 있겠지만, 오래 가지 못한다. 오랫동안 머리를 속이거나 감정을 속이다 보면 결국엔 몸이 비명을 지른다. 슬픈데도 슬프지 않다고, 화가 나는데도 화가 나지 않는다고 스스로를 속이면 결국 몸이 망가진다.

청소일과 같이 더럽고 힘든 일을 처음부터 몸이 원할 리 없다. 그러니 이 일을 하기 위해서는 몸을 낮추어야 하고, 몸을 낮추기 위해서는 마음을 충분히 낮추어야 한다. 그러니 청소일을 제대로 하려면 마음을 담을 수밖에 없는 것이다. 왼손이 하는 일을 오른손이 모르게 할 수는 있어도, 몸이 하는 일을 마음이 모르게 할 수는 없다.

삼각형으로 접힌
화장실 휴지에 대해
몰랐던 사실

신입 미화원인 나는 배워야 할 게 참 많았다. 매일 해야 하는 일과 가끔 해도 되는 일, 깨끗해 보여도 닦아야 하는 곳과 더러워 보여도 손대지 말아야 할 곳, '이 정도'로는 해 줘야 하는 일과 '그렇게'까지 하지 않아도 되는 일 같은 것을 배웠다.

미화원 언니들 중에는 대기업 건물의 미화반 관리자로 일했던 분도 있고, 수십 년간 호텔에서 룸메이드로 근무했던 분도 있다. 제각기 청소라면 남부럽지 않을 만큼 해 봤고 알 만큼 안다는 분들이었다. 그러니 그분들이 익히고 터득한 청소법에 대해 나는 일단 "아아, 네." 하며 고개를 끄덕일 수밖에 없었다.

청결이란 무엇인가

하지만 청소는 고도로 전문화된 기술이라기보다는 상식적인 차원에서 생각하고 판단해서 매뉴얼을 만들 수 있는 일이다. 그렇다 보니 나는 차츰 나름의 생각을 하게 되었다. 일을 하면서 자꾸만 생겨나는 질문은 '과연 청결이란 무엇일까?'였다. 나는 청결이란 첫째 위생적이고, 둘째 안전하고, 셋째 보기에 깨끗한 상태라고 생각한다.

그런데 우리 미화원들이 가장 중요시해야 하는 건, 보기에 깨끗한 상태를 만드는 거였다. 예를 들면 화장실 거울에 물방울 튄 자국을 지우는 것이 거울 위쪽 보이지 않는 곳에 쌓인 먼지를 닦는 것보다 중요하고, 세면대를 반짝거리게 닦는 것이 휴지통 안쪽의 오래된 얼룩을 지우는 것보다 중요했다. 로비 바닥의 흙 발자국은 지워야 하지만, 마루 틈 사이사이에 잔뜩 낀 해묵은 먼지는 그대로 두어도 상관없었다.

자기 집을 청소해 본 사람이라면 어디를 살피고 닦는 게 진짜 깨끗한 청소인지 알 것이다. 눈에 보이지 않는 곳을 청소해야 진짜 청소다. 먼지는 언제나 구석으로 몰려가기 마련이다. 가장자리, 어두운 곳, 가려진 곳, 전자제품의 뒤쪽, 가구의 아래쪽, 높아서 손이 닿지 않는 곳 같은 데 쌓인 먼지를 제거해야 집안이 제대로 깨끗해진다. 위생을 위해서는 행주, 걸레, 각종 솔, 빗자루 등을 햇볕에 말리고 소독해 줘야 한다. 더러움을 청소하는 도구일수록 가장 깨끗해야 된다.

하지만 청소를 직업으로 삼는 사람에게는 불가능한 일이었다. 티가 나지 않는 일에 공을 들이는 건 아무 소용이 없었다. 가장 잘 보이는 곳을 가장 말끔하게 만드는 게 직업인으로서 미화원이 해야 하는 일이었다. 청소 용품과 도구들은 너저분해 보이기 때문에 눈에 띄지 않도록 가장 구석지고 어두운 곳에 둔다. 환기가 안 되는 건 당연하다. 햇볕에 말린다는 건 꿈도 못 꿀 일이다. 청소노동자가 머무는 방 역시 건물 전체를 통틀어 모든 방 중에 가장 폐쇄된 곳이다. 청소의 결과는 환하게 빛나야 하지만 청소의 물적, 인적 자원은 보이지 않게 감추어져야 하는 게 바로 '미화美化'였다.

고객님을 위해서라면

'나'를 위해서가 아니라 '고객'을 위해서 하는 일이기 때문에 그렇다. 자본주의 세상에서 고객은 왕이다. 고객을 만족시키기 위한 청소는 투명한 유리와 반들거리는 바닥, 티 하나 없는 거울과 물 자국 없는 세면대를 만드는 거였다. 고객은 상쾌한 향기가 감도는 화장실과 하얗고 깨끗한 변기에 만족하지만 어떤 약품을 사용해서 그렇게 했는지는 상관하지 않는다. 화장실 휴지가 삼각형으로 곱게 접혀 있으면 좋아하지만 그렇게 접으려면 불규칙하게 뜯긴 부분을 잘라내기 위해 멀쩡한 휴지가 낭비된다는 사실에는 관심이 없다. 고객의 편의를 위해 화장실 휴지가 심지에서부터 1센티미터

미만으로 감겨 있는 것들은 미리 빼서 버린다는 사실도 알지 못할 것이다. 식당에 있는 잔반통에 김치 쪼가리 하나라도 버려져 있으면 그 불쾌한 장면과 냄새를 없애는 것이 고객을 위한 당연한 서비스이므로 우리 미화원은 잔반통에 씌워진 비닐백을 아까워 말고 즉시 걷어내 버려야 한다.

"미화는 가정용으로 하면 안 돼. 영업용으로 해야 돼."

경험 많은 언니 한 분은 마치 본래부터 세상엔 두 종류의 청소가 존재했다는 듯 말했다.

"미화는 가정용으로 하면 안 돼. 영업용으로 해야 돼."

맞는 말이다. 나도 현실이 그렇다는 것은 안다. 농사에도 가정용과 영업용이 있으며, 먹는 음식도 가정용과 영업용이 따로 있다는 거 잘 알고 있다. 하지만 본래부터 그랬던 것은 아니지 않나?

전통 사회에서 대부분의 사람들은 자기 노동의 결과를 자기가 가져가는 노동의 주체였다. 내가 청소한 집에 내가 지내고, 내가 기른 농작물은 내가 먹으며, 내가 만든 옷은 내가 입으며 살았다. 어떻게 청소를 했는지 어떻게 길러진 음식인지 어떻게 만든 옷인지를 알면서 누렸다.

청소하는 사람과 더럽히는 사람이 따로 있고, 음식을 만드는 사람과 먹는 사람이 따로 있으며, 옷 만드는 사람과 입는 사람이 따로 있게 된 것은 산업이 발달하고 자본이 집약됨에 따라 생산 과정이 분업화된 이후의 일이다. 지금 우리는 깨끗한 공간에 있으면서도 누가 어떻게 청소를 했는지 알지 못하고, 맛있는 음식을 먹으면서도 이게 정말 건강하고 위생적인 음식인지 알 길이 없다.

분업화된 시스템은 효율적이다. 사람이 살기 위해 필요한 물자와 서비스를 생산하기 위해 일거리를 수없이 쪼개고 나눴기 때문에, 각자 한 가지 일만 맡아서 주야장천 그것만 하면 된다. 내가 만드는 게 무엇을 위해 쓰이는지 알 필요도 없고, 내가 하는 일이 궁극적으로 어떤 결과를 가져올지 파악하지 않아도 된다. 무엇보다 많은 일자리를 창출한다. 특별한 자격증이나 기술도 없는 내가 청소노동자로 취직할 수 있었던 것도 분업화된 사회 구조 덕분이다.

그러니 청소일로 월급 받는 나에게 불평할 자격이 없는지도 모른다. 변기를 더럽게 쓰는 고객이 없다면 청소노동자가 왜 필요할까? 단지 손의 물기를 닦기 위해 종이 타올을 여러 장씩 뽑아 쓰고 버리는 고객들, 둘둘 만 화장실 휴지를 그대로 버려 변기를 막히게 하는 고객들, 쓰레기를 아무데나 버리는 고객들, 자녀들이 신발로 의자를 밟거나 바닥에 음식물을 흘려도 상관하지 않는 고객들 덕분에 '일'이 생겨나고 그 '일'을 내가 하게 된 것이니 말이다.

단순한 일을 하며 노동의 가치와 보람을 느낄 수 있으리라는 기대는 야무진 꿈이었다. '노동은 노동일 뿐' 마음 주지 말고 정 주지 말아야 한다. 일을 하는 동안 나는 끊임없이 노동으로부터 나를 소외시킨다. 오늘도 나는 수질 오염을 걱정하면서 변기에 독한 세정제를 듬뿍 뿌린다. 변기에 말라붙은 똥 찌꺼기를 빨리 닦아내려면 그러는 수밖에 없다.

아줌마는 안 되고
아저씨는 된다고요?

일을 시작한 지 얼마 되지 않아 서로 호칭을 어떻게 써야 할지 의논했다. 오래 걸리지 않았다. 자기보다 나이가 많으면 '언니'라 부르고, 동갑이거나 나이가 적으면 이름에다 '씨' 자를 붙여서 '○○ 씨'라고 부르기로 했다. 다만 나는 '씨' 자를 붙이기엔 너무 어리다고 생각했는지 그냥 '막내'라고 부르겠다고 했다. 나이 오십에 막내가 된 기분이 새롭기도 해서 그러라고 했다. 사실 나도 그분들을 언니라고 부르기엔 십 년이라는 나이 차가 너무 많다고 느꼈지만 '선배님'이라고 부를 수도 없고 달리 대안이 없었다. 언니라고 부르면 친해지기는 좋겠다 싶었다.

'여사님'이라는 요상한 호칭

우리끼리 그렇게 정한 뒤 얼마 후, 윗선으로부터 여자 미화원 호칭은 '여사님'으로 통일하라는 지시가 내려왔다. 언니들은 쉽게 수긍했다.

"그래, 여사님이 좋지. 우리가 서로 그렇게 불러 줘야 남들도 우릴 존중하는 거야."

긍정의 순발력이 뛰어난 언니들과 달리 나는 그 호칭이 정말 싫었다. 청소노동자에게 '여사님'이라니? 그야말로 '투머치too much'였다. 콜센터 직원이 생판 알지도 못하는 나에게 '사랑합니다'라고 말했을 때의 당혹감만 느껴졌다.

언제부터 배달원이나 이사 도우미 등 주로 힘든 육체노

동을 하는 중년 이상의 여성들에게 '여사님'이라는 요상한 호칭을 쓰게 되었을까? 대체 누가 그런 말도 안 되는 말을 갖다 붙였을까?

여성의 사회적인 활동이 극히 드물었던 시절, 배움이나 인품으로 높은 지위에 오른 여자를 높여 부르는 말이 '여사님'이다. 사실 '여사님'은 여성이 사회적으로 존경받는 것을 예외적으로 여기는, 여성에 대한 차별이 다분히 반영된 언어다. 그래서 '남사님'이라는 말은 없다. 여교사, 여의사, 여대생, 여경, 여류작가 모두 비슷한 경우다.

요즘에는 하는 일을 설명할 때 '남'이나 '여' 같은 성별을 먼저 말하는 것은 본인의 편견을 드러내는 것 외에 기능이 없다는 인식이 높다. 때에 따라서는 '여사님'이라는 호칭을 함부로 쓰는 것이 오히려 실례가 될 수도 있다. '여사님'이라는 호칭이 실례가 되지 않는 경우는 대통령 영부인 정도가 아닐까?

"그냥 아저씨라고 하면 돼."

진심은 없고 표현만 거창한 그런 호칭은 사양하고 싶다. 청소부 혹은 청소원이라는 호칭을 쓰더라도, 그 안에 청소 노동에 대한 고마움과 존중만 있으면 충분하다. 예전에 우리가 '우체부' 아저씨나 '간호원' 아가씨라는 호칭을 쓰면서 그 분들에게 고마운 마음을 느꼈던 것처럼 말이다.

다행인 건 언니들도 서로 여사님이라 부르는 게 어색했던지 하루가 채 지나기도 전에 '언니'와 '○○ 씨'로 다시 돌아왔다. 다만 우리끼리는 그냥 편하게 부르자 하면서도, 다른 사람이 우리를 부를 땐 반드시 '○○○ 여사님'이라고 해야 한다는 원칙은 남았다. 누군가가 우리에게 함부로 '아줌마!'라고 부르는 걸 허용해선 안 된다고 했다. 나 역시 아줌마로 불리는 게 그리 유쾌한 일은 아니어서 선뜻 동의했다. 그러면서 물어봤다.

"그럼 남자 분들은 '선생님'이라고 부르면 될까요?"

언니들이 웃었다.

"무슨 선생님이야? 그냥 아저씨라고 하면 돼."

이건 또 어찌 된 영문일까? 여자 미화원은 아줌마가 아닌데 남자 미화원은 아저씨라니? 어쩌다 '아줌마'라는 순우리

말이 하대 혹은 경멸의 뜻을 가진 호칭이 되고 말았는지 안타까우면서, 그래도 '아저씨'라는 말은 간신히 명목을 유지하고 있는 건가 싶어 의아했다.

일하며
궁리하며

미로 같은 아트센터 내부 구조에 우왕좌왕하던 신입들은 어느새 머릿속에 도면이 그려질 만큼 모든 공간과 통로에 익숙해졌다. 우리는 청소 구역을 나누기 위해 제비를 뽑았다. 작년까지는 담당 구역을 정하지 않고 그날그날 상황에 따라, '우리는 이쪽부터 해 나갈 테니 너희는 저쪽부터 해

와라' 하는 식으로 일했다고 했다. 공연이 있는 날과 없는 날에 따라 청소해야 할 구역이 달라지고, 또 공연 시간에 따라 야간 근무조가 일하는 시간도 달라지기 때문이라고 했다. 하지만 나를 포함한 신입들은 생각이 달랐다. 기본적으로 담당 구역을 정해 놓고 상황에 따라 유동적으로 움직이는 게 합리적이라고 생각했다. 우리는 의논 끝에 담당 구역을 나누기로 합의를 보았다.

담당 구역을 공평하게 나누는 건 간단하지 않았다. 일반 사무실 건물이나 아파트라면 기계적으로 층별 혹은 동별로 나누면 되겠지만, 여긴 그렇지가 않았다. 자주 쓰는 공간이 있는가 하면 여간해선 사람이 잘 가지 않는 곳도 있고, 넓어서 청소하기엔 편해도 조금만 더러워도 금방 티가 나는 곳이 있는가 하면 좁고 물건이 많아서 쓸고 닦기가 까다롭지만 청소를 하나 안 하나 별 차이는 없어 보이는 곳도 있었다. 또 공연이 있을 때는 손이 많이 가는 곳이지만 공연이 없으면 잊고 지내도 되는 그런 공간들도 있었다. 우여곡절 끝에 구역을 나누고, 제비뽑기로 담당 구역을 정했다.

의욕은 사라져도 성깔은 사라지지 않았다

나는 아트센터의 주 출입구와 통하는 가장 넓은 로비 쪽을 맡게 되었다. 눈에 가장 잘 띄고 사람들이 가장 많이 드나드는 곳이다. 아트센터의 얼굴 격이다. 처음 이 구역을 맡게 되었을 때는 기분이 썩 괜찮았다. 제비뽑기로 우연히 걸린 거지만, 누군가 나를 믿고 중요한 일을 맡겨 준 것 같은 느낌이 들었다. '좋아, 나의 청결 감각과 청소 능력을 제대로 한번 발휘해 보자!' 나름 의욕도 생겼다.

의욕은 오래 가지 못했다. 매일 똑같은 일을 하면서 매번 똑같은 의욕이 생기지는 않았다. 하지만 의욕은 사라져도 성깔은 사라지지 않았다. 그러려니 하고 대충 넘어가지 못하는 성격이라 아무리 반복해도 일이 수월해지지 않았다. 게다가 뭘 해도 눈에 잘 띄는 공간이라 부담은 여전했다. 그래도 뭐든지 '내 것'이 되면 애착이 생기듯, 내 구역이라 더욱 특별히 돌보고 신경 쓰는 마음은 어쩔 수가 없었다.

나만의 노하우를 터득하다

오전 7시. 창고로 가서 일할 준비를 한다. 어제 빨아서 말려

둔 면장갑을 끼고 그 위에 고무장갑을 낀다. 하루 일과가 끝나면 면장갑과 고무장갑을 안팎으로 깨끗이 빨아서 창고 안에 널어 둔다. 마음 같아선 햇볕에 말리고 싶지만 그럴 수 없다. 이곳에서는 면장갑을 속장갑이라고 부른다. 속장갑은 귀찮아도 꼭 껴야 한다. 일을 하면 몸에 땀이 나는 건 당연하지만 설마 손에도 땀이 날까 싶었는데 막상 해 보니 손에도 땀이 많이 났다. 언니들이 말하길 여름철엔 손에서 쉰내가 나기도 한다고 했다.

고무장갑은 길이별로 세 가지가 구비되어 있다. 손목까지 오는 건 노란색, 팔뚝 아래 중간까지 올라오는 건 크림색, 그리고 팔꿈치까지 올라오는 건 빨간색이다. 다들 크림색 고무장갑을 쓰길래 나도 그걸 사용했는데, 변기에 손을 깊숙이 집어넣어야 할 때는 물이 들어올까 봐 좀 불안했다. 그래서 가장 긴 빨간색 고무장갑을 탕비실에 따로 챙겨 놓고 변기 청소할 때는 장갑을 바꿔서 꼈다. 그런데 익숙해지니까 굳이 그럴 필요가 없었다. 심지어 한여름에는 크림색 고무장갑이 손목 위로 덮이는 것조차 답답하고 끈끈해서 가장 짧은 노란색 고무장갑을 끼고 일했는데, 나중에는 그걸로 변기 청소까지 할 수 있는 노하우를 터득했다.

장갑을 낀 다음, 이지타올이라고 부르는 파란색 손걸레와 바퀴가 달려 있는 100리터짜리 파란 플라스틱 통을 담당 구역으로 가져가 끌고 다니면서 쓰레기를 수거한다.

처음에는 달랑 통 하나만 끌고 다녔다. 그런데 세제나 손걸레, 중간중간에 마실 물통이 문제였다. 쓰레기랑 같이 그 통에 섞어 놓는 건 영 내키지 않았다. 쓰레기와 분리해 이것들만 담을 수 있는 바구니가 필요했다. 창고를 뒤져 보니 자그마한 빨간 사각 플라스틱 통 여러 개가 쌓여 있었다. 예전에 화장실 휴지통으로 썼던 거라고 했다. 약간 찜찜하긴 했지만 락스로 깨끗이 소독한 뒤, 파란 통 손잡이에 빨간 통을 단단히 연결해서 붙였다. 청소할 때 필요한 잡다한 물건들을 따로 담을 수 있어 훨씬 편했다. 내가 하는 걸 보더니 언니들도 모두 그렇게 했다.

하지만 나는 그걸로도 만족스럽지가 않았다. 기존의 통은 재활용 쓰레기를 따로 담고 싶어도 별도의 칸이 없어 한쪽에 몰아두거나 통에 씌운 비닐을 들추고 아래쪽에 넣어

두는 수밖에 없었다. 게다가 사람들이 버린 페트병 속에는 물이나 음료가 들어 있는 경우가 참 많은데, 이걸 따라버려야 재활용이 가능하다. 하지만 청소하다 말고 일부러 탕비실까지 가서 병을 비우고 오기는 너무나 번거로운 일이다. 그러니까 페트병 속 내용물을 그때그때 따라버릴 수 있는 통도 필요하다.

이런 문제들을 다 해결할 수 있는 새로운 통을 머릿속에서 디자인해 본다. 깊고 큰 사각형 통에 바퀴를 달고, 일반 쓰레기와 재활용 쓰레기와 물이나 음료를 분류해서 담을 수 있게 각각 칸을 나눈다. 물이나 음료를 담는 칸에는 쉽게 따라버릴 수 있도록 아래쪽에 밸브를 달고, 통 위쪽에는 덮개처럼 선반을 놓아 물품을 담을 수 있게 한다. 이런 통이 있으면 참 좋을 것 같은데 이 아이디어를 전달할 통로와 기회, 어디 없을까?

이 큰 건물에 청소 카트가 달랑 한 개라니

청소 카트라도 사람마다 하나씩 있으면 그나마 낫겠다. 언니들은 카트를 짧게 '카'라고 부른다. 카트에는 청소를 위한 모든 것이 갖추어져 있어서 이거 하나만 끌고 다니면 즉시 필요한 도구를 사용해 청소가 가능하다. 그런데 이렇게 유용한 카트가 이 으리으리한 아트센터에 딱 하나밖에 없다. 단 하나뿐인 카트는 운영 사무실 구역을 맡은 사람이 갖고 가게 되어 있다. 거기에 보는 눈들이 많아서일까?

아무튼 누군가는 단 하나뿐인 카트를, 그리고 나머지는 빨간 통이 엄마 등에 아기처럼 딱 붙어 있는 파란 통을 밀면서 각자 자기 구역으로 향한다. 바로 이 순간 항상 고민되는 게 하나 있다. 바로 인사말이다. '수고하세요'는 동료나 아랫사람에게 하는 인사말이고, '고생하세요'가 윗사람에게 하는 인사말이라는데, 막상 소리 내어 말해 보면 영 어색하다. 일하러 가는 분들에게 고생 좀 해 보라는 뜻 같기도 한 게 아무래도 좋은 인사처럼 느껴지지가 않는다. 그렇다고 아무 말 없이 우물쭈물하다 가 버리는 것도 그렇고……. 이래저래 인사말이 참 마땅치 않다. 그래서 나는 '저 갈게요'라고 하거나 '조금 이따가 봬요'라고 한다. 무심한 인사말에 담긴 내 마음을 언니들은 느꼈을까?

나이 오십에 눈치를 배우다

나는 미화반에서 '막내'로 불린다. 나이 오십에 막내가 된 기분이 나쁘지는 않지만, 초보에다 막내인 만큼 새로 배워야 할 것이 생각보다 많았다. 처음에는 청소 도구 이름 외우는 것도 일이었다. 모든 청소노동자들이 같은 말을 쓰는지는 모르겠으나, 여기서는 물기 없이 먼지만 쓸어 내는 도구는 밀대, 학창 시절 교실 청소할 때 쓰던 물걸레는 마포걸레, 화장실이나 야외 데크 같은 곳을 물청소하고 나서 물기를 제거할 때 쓰는 건 끌대, 기름걸레는 리스킹, 극세사 재질의 파란색 손걸레는 이지타올이라고 불렀다.

청소 구역을 뜻하는 말은 아직도 여전히 헷갈린다. 언니들이 '소극장'이라고 말할 땐 소극장 내부를 말하는 게 아니라 소극장에 딸린 분장실을 뜻하고, '부 출입구'라고 하면 부 출입구만 얘기하는 게 아니라 입구에서 극장까지 이어지는 통로와 계단, 그리고 그곳에 있는 화장실까지를 다 포함한다. 이런 식이다 보니 대극장에 딸린 화장실을 청소했는지 확인할 때는 "대극장은 했어?"라고 물어본다.

무엇이 빈말이고 무엇이 진심인지

그럭저럭 이런 것들에 익숙해진다고 해도 사람들의 빈말과 진심을 구별하는 건 여전히 어렵다. 나는 평소 빈말을 잘 못한다. '언제 밥이나 한번 먹자'처럼 흔하게 쓰는 인사치레도 여간해선 하지 못하는 성격이다. 진짜로 조만간 저 사람과 식사 약속을 잡을 계획이 없으면 좀처럼 그런 말이 잘 나오지 않는다.

뒷풀이 같은 자리에서도 사람들은 누군가 먼저 일어나겠다고 하면 대부분 조금만 더 있다가 같이 나가자고 하면서 그 사람을 붙들고, 그러면 또 그 사람은 만류에 못 이겨 주섬주섬 다시 앉는다. 하지만 나는 그럴만한 사정이 있으니까 먼저 가려는 거겠지 싶어서 "그래? 그럼 잘 가." 하며 보내준다. 말을 곧이곧대로 듣는 건데 이런 내가 어찌 보면 참 정 없는 사람으로 보이겠다 싶기도 하다.

이런 성격 탓에 같이 일했던 미화원 언니들에게 종종 배신감을 느낀 적이 있다. 우리끼리 있을 때 언니들은 일하면서 생긴 고충에 대해 자주 털어놓곤 했다. 이게 말이 되냐, 이대로는 안 된다, 윗선에 얘길 해야겠다 하면서 아주 열정적으로 성토를 했다. 들어보면 다 맞는 말이어서 나도 신나게 맞장구를 쳤다. 그런데 막상 소장이나 주무관, 혹은 팀장이 우리를 소집해서 얘기할 기회가 생겼을 때는 아무도 입을 열지 않았다. 그들이 "혹시 하실 말씀 있으시면 뭐든 편하게 하세요."라고 말하면, 아주 평온한 얼굴로 두 손을 다소곳이 모은 채 미소만 지었다. 멋도 모르고 입을 뗀 나만 눈총을 받기 일쑤였다. 나중에 안 사실이지만 책임자들은 고충을 이야기해 보라고 했을 때 아무도 말을 하지 않아야 모든 일이 순조롭게 잘 돌아가고 있다고 생각해 좋아한다고 했다.

한번은 율무차 몇 봉지 때문에 혼난 적이 있다. 회사에서는 우리에게는 믹스커피를, 커피를 안 마시는 경비 아저씨한테는 율무차를 제공해 주었다. 하루는 조금 출출하기는 하지만 뭘 먹기는 부담스럽고 해서 율무차처럼 진하고 걸쭉한 차가 당겼다. 나는 경비 아저씨에게 가서 율무차 몇 개만 가져가도 되냐고 물어봤다. 아저씨는 흔쾌히 대답했다.

"저기 있으니까 언제든지 와서 가져가요. 많이 좀 챙겨 가요, 많이."

나는 언니들과 같이 마시려고 열 개를 챙겨 왔다. 그런데 한 언니가 보더니 웬 거냐고 물었다. 경비 아저씨한테 얻어 왔다고 하니까 그 언니는 펄쩍 뛰면서 그러면 못쓴다고 당장 돌려주라고 했다.

"경비 아저씨가 얼마든지 가져가라고 하셨는데……."

"말은 그렇게 해도 속으론 얼마나 기분 나쁘겠어? 우리는 커피를 받고 자기는 커피 대신 율무차를 받는데 그걸 우리가 가져다 먹는다는 게 말이 되니? 그런 사소한 거에서 감정 상하는 거야. 절대 안 돼! 이 업계는 그런 게 더 철저해. 네가 몰라서 그래. 당장 돌려주고 와!"

너무도 단호한 언니의 말에 조금 억울한 마음이 들었지만 아무튼 난 율무차 열 개를 다시 경비 아저씨에게 돌려주고 왔다. 아저씨는 왜 그걸 도로 가져왔냐고 하면서도 굳이 다시 가져가라는 말은 하지 않았다. 그 언니의 말이 맞나 싶었다.

물어봐 주셔서 감사합니다

이렇게 나는 조금씩 눈치를 배워갔다. 귀에 솔깃한 말일수록 진심이라고 오해해선 안 된다는 걸 배우고 또 배웠다.

"청소에 무슨 법이 있어? 자기가 편한 대로 하면 되지." 안 된다. 맘대로 했다간 쏟아지는 잔소리에 괜히 기분 상하기 십상이다. "특별히 힘든 일 한 날에는 30분 일찍 보내드릴

테니까 요청하세요." 못 한다. 힘든 일 좀 시킬 테니 이해해 달라는 말이지, 요청하면 진짜 일찍 보내 주겠다는 말은 아니다. "야외 작업할 때 쓰는 챙모자는 어떤 색이 좋을지 원하는 걸 말씀해 보세요." 안 한다. 원하는 색을 말해 봤자 소용없다. 결국엔 주문하는 사람 마음이다. "회식은 뭘로 할까요? 드시고 싶은 거 말씀하세요." 진짜로 말했다간 큰일 난다. 물어봐 주는 것만으로도 고마워해야 한다. 그런 눈치가 있어야 살아남는다는 걸 나이 오십에 배웠다.

2부  봄

청소노동자는 쉴 때도 구석진 곳에서
남들 눈에 띄지 않게 있어야 하는 걸까?
마당의 잔디, 로비와 야외 데크,
모두 우리 손으로 곱게 가꾸고 말끔히 치웠는데,
우리도 그 공간을 누릴 자격은 있지 않을까?

일머리가 자라나자
의구심도 피어나고

드라마틱하게
더 예뻐지고 싶다

나는 옷을 꽤나 신경 써서 입는 편이다. 누구를 만날 일이 생기면 그 사람과 내가 만나는 목적에 따라 옷차림이 달라지는 건 물론이고, 내가 그 사람에게 어떻게 보이고 싶은지 – 성숙하게, 혹은 발랄하게, 혹은 지적으로, 아니면 편안하게 – 에 따라 다른 이미지를 연출하기 위해 옷을 고르고, 만

나는 사람의 성별과 나이와 성격, 만나는 장소도 고려한다.

아무렇게나 입고 싶지는 않았다

청소노동자로 일하기 시작했을 때 처음 며칠은 버려도 될 만한 옷을 입고 출근했다. 평소에 잘 안 입는 펑퍼짐한 바지와 셔츠 그리고 유행 지난 패딩 점퍼 차림이었다. 일할 때 입는 유니폼이 있다는 걸 알고 나서도 며칠은 계속 그대로 입었다. 청소하러 가는데 좋은 옷은 입어서 뭐 하나 싶었다.

일주일 정도 지난 후에는 옷차림이 달라졌다. 허름한 옷차림 때문인지 기분도 허름해지는 것 같았고, 뭔가 어엿한 직장인으로서 갖춰 입고 싶은 마음도 생겼다. 그래 봤자 출퇴근 시간에만 입는 옷이고 그 시간을 다 합쳐도 한 시간이 채 안 되었지만 아무렇게나 입고 싶지는 않았다.

내가 옷차림에 신경을 쓰기 시작하자 다른 사람의 옷차림이 눈에 띄기 시작했다. 한 언니는 옷을 정말 잘 입었다. 그 언니는 그대로 동창 모임에 나가도 될 만큼 세련된 차림으로 출근했다. 우아하게 차려입은 언니를 보면 내 기분도 덩달아 좋아졌다. 일에는 귀천이 없다지만 그래도 미화원이라고 하면 얕잡아 보는 게 현실인지라, 단정한 옷매무새로 스스로 내 격을 지키고자 했다. 언니도 나와 같은 마음이었을 거라고 짐작한다. 일 끝나고 다 같이 회식하러 가기로 한 날에는 특별히 더 한껏 멋을 냈다.

미화원 언니들은 대부분 머리 모양과 화장에 공을 들인다. 괜찮아 보이는데도 머리가 지저분해졌다느니 파마를 해야겠다느니 잘라야겠다느니 하면서 늘 신경을 쓴다. 화장하지 않고 출근하는 언니는 아무도 없다. 아침 7시까지 출근이라 적어도 6시 40분에는 도착해야 하는데, 남편이나 자식들을 챙기느라 아침밥을 차리고 화장까지 곱게 하고 출근하는 언니들을 보면 놀라웠다. 겨우 일어나서 내 몸 하나 챙겨서 나오기에도 바쁜 나와는 너무 달랐다. 언니들은 뽀얗게 파운데이션을 바르고 곱게 눈썹을 그리고 립스틱을 발라 화사하게 꾸민다. 옅은 색의 립스틱을 즐겨 바르는 내게 언니들은 좀 산뜻한 색을 발라보라고 잔소리를 하기도 했다. 알고 보니 쨍하게 빨간색을 바르라는 뜻이었다.

여자가 일하러 나오면서 화장도 안 하면 예의가 아니라는 게 언니들의 믿음이다. 쉬는 시간에 화장을 고칠 때면 늘 반복해서 하는 얘기다. 아트센터에서 서열 2위인 여자 팀장은 다소 수수한 편인데, 언니들은 어떻게 팀장이란 사람이 화장도 안 하고 다니느냐고 흉을 보기도 했다.

한 언니는 자기가 오랫동안 근무했던 호텔에서는 아침 조회 시간마다 룸메이드로 일하는 여직원들을 나란히 세워 놓고 머리 손질과 화장을 제대로 했는지 엄격하게 검사했다는 얘기를 들려줬다. 머리는 매끈하게 뒤로 묶어 올리고, 눈썹은 펜슬로 그려야 하며, 입술은 반드시 진한 빨간색으로 발라야 하는 게 규정이었다고 했다. 그 언니는 이런 얘기를 할 때 항상 뭔가 선진적인 문화를 자랑하는 듯한 말투였다. 여성 인권 면에서 보면 참 할 말이 많은 이야기인데…….

"치, 그럼 남자들은 잘생긴 사람만 나와서 일하라고 해요, 뭐……."

참다못해 이렇게 덧붙였다가, 이상한 소리한다고 언니들한테 구박만 받았다. 언니들의 마음을 모르는 바는 아니다.

그 바쁜 아침에도 화장을 하는 것은 여자로서 외모를 가꾸고 싶은 마음, 직업인으로서 자기 관리하는 자신에 대한 소박한 자부심일 것이다. 그 마음을 잘 알기에 페미니즘 논쟁 같은 건 두 번 다시 입에 올리지 않았다.

입이 거친 한 언니가 '우리의 할 일은 변기통 쑤시는 거'라고 내뱉은 말마따나 우리는 더러운 일을 하고 있다. 아이러니하게도 그래서 더욱 윤기 나는 머리와 고운 피부와 매끈한 화장을 유지하고 싶은 마음이 절실한 것 같다. 봄이 되면서 우리의 패션은 점점 더 밝게 피어났다.

하루 일을 끝내고 땀에 젖은 작업복을 벗으면 뭔가 더 드라마틱하게 변신하고 싶은 욕망이 생긴다. 라커에 얌전히 걸어 둔 원피스로 갈아입고 질끈 올렸던 머리는 물을 살짝 묻혀 자연스럽게 풀어 내린다. 청소할 때 신었던 운동화는 신발장에 넣어 두고 까만 구두를 꺼내 신는다. 가방을 메고 선글라스까지 쓰면 퇴근 준비 끝! 이렇게 차려입으면 퇴근 인사하는 내 목소리도 어쩐지 더 우아하게 변하는 것 같다.

"다들 고생하셨습니다. 내일 뵐게요."

여자 화장실을 남자가 청소해도 괜찮을까?

청소는 '여자의 일'과 '남자의 일'이 확실하게 구분되어 있다. 여자는 건물 내부, 남자는 건물 외부의 일을 한다는 것이 대원칙이다. 가끔 남자에게도 예외적으로 건물 내부의 일이 할당될 때가 있는데, 그건 바로 기계를 다룰 경우이다. 반면 여자의 일은 전부 직접 손으로 하는 일이다.

나는 어쩌다 보니 '여자의 일'을 하면서 자연스럽게 '남자의 일'도 경험하게 되었다. 남자가 다루게 되어 있는 흡진기나 일명 '돌돌이'라고 불리는 바닥 광택기를 몇 번 사용한 적이 있다. 일을 시작한 지 두어 달쯤 지났을 때는 바깥에서 어떤 일들을 하는지도 자연스레 알게 되었다. 그때부터 '여자의 일'과 '남자의 일'을 구분한 기준과 과연 그 기준이 타당한 것인지 의문이 생겼다.

청소에서 '여자의 일'과 '남자의 일'

나는 여자와 남자의 권리가 동등하다고 생각하지만 두 존재의 '차이'도 인정한다. 하지만 청소에 있어서 여자와 남자의 업무 구분은 여성성과 남성성의 차이가 전혀 반영되어 있지 않아 보였다. 여자는 건물 내부를 청소하고 남자는 건물 외부를 청소한다는 대원칙은 아무리 생각해도 우스웠다.

건물 외부 청소는 내부 청소에 비해 힘이 훨씬 덜 든다. 외부에서는 쓰레기와 낙엽을 쓸고 쓰레기통을 비우는 정도면 청소가 끝난다. 티 없이 닦아 내거나 박박 문질러 광을 낼 일이 전혀 없다. 가끔 고압 세척기로 물청소를 하는데,

호스만 잡고 있으면 강한 물줄기가 알아서 청소해 주기 때문에 정말 쉽고 빠르다.

반면 내부 청소는 얼룩과 때를 제거해야 하기 때문에 힘이 필요하다. 유리에 묻은 손자국을 지우려면 힘을 많이 줘서 손걸레질해야 하고, 바닥을 물걸레질할 때도 봉을 단단히 잡고 체중을 실어서 닦아야 한다. 강한 육체의 힘이 필요한 일은 외부 청소가 아니라 오히려 내부 청소다.

가장 불합리한 건, 내부 청소가 모두 여자 일이 되다 보니 남자 화장실까지 여자가 청소한다는 사실이다. 화장실만큼 남녀의 구별이 엄격한 공간이 또 있을까? 남자들이 수시로 드나들면서 소변기 앞에서 성기를 꺼내기도 하고, 얇은 문 하나를 사이에 둔 채 아랫도리를 벗기도 하는 남자 화장실을 여자에게 청소하라는 건 솔직히 말이 안 된다. 그러니 남자 화장실을 청소하던 여자 미화원은 남자가 화장실로 들어오면 하던 일을 멈추고 나가서 기다려야 했다. '청소중 출입금지'라는 팻말을 사용하는 곳도 있나 보던데 여긴 그런 것도 없었다.

다른 사람들은 처음엔 충격적인 일도 계속 반복되면 무감각해지는지 모르겠지만, 나는 남자 화장실에 들어갈 때마다 민망하고 불편했다. 남자 미화원이 없는 것도 아니고 남자가 할 수 없는 일도 아닌데, 남자 화장실을 꼭 여자 미화원에게 맡기는 이유를 도통 알 수 없었다. 만약 남자 미화원에게 여자 화장실을 청소하게 하면 어떻게 될까? 아마 난리가 나지 않을까?

섣부른 편견이 낳은 구분

기계를 사용하는 청소는 남자가, 수작업으로 하는 청소는 여자가 하도록 하는 것도 그렇다. 이는 여자가 기계를 다루는 데 서툴다는 편견이 낳은 구분이다. 여자는 바보가 아니다. 흡진기만 해도 전원을 연결하고 먼지가 있는 곳에 흡입구를 갖다 대기만 하면 끝이다. 어린아이도 할 수 있는 간단한 일이다.

기계란 인간을 돕기 위해 만들어진 도구이다. 힘을 덜 쓰고 편리하게 일하라고 만든 게 기계이니 굳이 여자든 남자든 한쪽만 기계를 써야 한다면 상대적으로 육체적 힘이 약한 여자가 기계를 사용하는 게 더 이치에 맞지 않을까?

극장 안을 청소할 때 남자 미화원은 흡진기를 바닥에 대고 끌고 다니기만 하면 되지만, 여자 미화원은 850개의 객석 의자를 하나하나 허리 굽혀 닦고 좁은 틈에 박힌 먼지를 빼내기 위해 팔과 손목이 아프도록 힘을 주어야 한다. 허리와 팔의 단단한 근력이 필요한 일은 흡진기 사용이 아니라 손걸레질이다. 바닥 광택기도 얼마든지 여자가 다룰 수 있다. 오히려 광택을 더 고르게 내고 뒤처리도 깔끔하게 마무리하는 건 여자 쪽일지도 모른다.

여자가 남자보다 언제나 더 쉬운 일을 해야 한다고 주장하는 게 아니다. 더 힘들어도 더 잘할 수 있다면 여자가 하는 게 옳다. 폐기물 적재소의 재활용 분류는 여자가 훨씬 더 잘할 수 있다고 생각한다. 애초에 남자의 일이 된 이유는 폐기물을 다루는 작업이 거칠고 험하다는 막연한 생각 때문인 것 같은데, 그건 정말 아니다. 폐기물을 분류하는 일은 거칠고 험하게 하면 안 된다. 세심한 마음과 정성스러운 손길로 다루어야 하기에 오히려 여성에게 더 잘 맞는 일일

수 있다.

물론 '더 잘할 수 있는 사람에게 그 일을 맡긴다'는 원칙 또한 사람 중심의 가치관은 아니다. 일 중심의 가치관이다.

일을 맡기는 기준은 가치관에 따라 달라진다

언젠가 영국에 있는 브루더호프 다벨 공동체에 3주 정도 머문 적이 있다. 사유 재산 없이 다 같이 평등하게 일하고 평등하게 나누며 사는 곳이었다. 이곳의 평등은 모두가 똑같은 강도로 똑같은 일을 하는 것을 의미하지 않는다. 농사, 가축 관리, 식사 준비, 설거지, 청소, 빨래, 교육, 정원 가꾸기, 재정 관리, 건물 수리, 각종 기계와 설비 관리, 가구 공장 일 등 함께 살기 위해 필요한 일들을 모두가 나누어 맡는데, 각자에게 일을 맡기는 기준은 우리의 상식과 좀 달랐다.

공동체의 주 수입원은 어린이용 특수 가구를 만드는 공장인데, 말이 공장이지 내부는 굉장히 밝고 쾌적했다. 우리는 보통 이 가구 공장이 공동체 전체를 먹여 살리는 중요한 곳이니 가장 젊고 우수한 노동력을 투입할 거라고 생각한다. 하지만 그렇지 않았다. 이곳 사람들은 일의 결과보다는 일하는 사람이 그 일을 통해 어떤 유익을 얻고 어떤 존중을 받는지를 더 중요하게 여겼다. 이들은 나이가 많은 노인을 가구 공장에 우선적으로 배치했다. 노인들이 손과 머리를 써 공동체에서 가장 중요한 생산적인 일을 하게 되면 자부심을 갖고 더 건강하게 지낼 수 있기 때문이라고 했다. 한편 젊은이들에게는 청소나 빨래 같은 일을 맡겼다. 봉사하고 섬기는 법을 가르치기 위해서다.

나는 이곳에서 청소, 식사 준비, 가구 공장 일, 이렇게 세 종류의 일을 해 보았다. 물론 가구 공장 일이 가장 재미있었지만 어르신들에게 양보해야 했기 때문에 이틀밖에 하지 못했다. 두 번째로 즐거웠던 일은 식탁에 300명의 개인 접시와 컵과 커트러리를 셋팅하고 음식을 나르는 일이었다. 내가 준비한 식탁에 둘러앉아 즐겁게 식사하는 사람들을 보면서 꽤나 뿌듯함을 느꼈다.

브루더호프에서는 특별한 기술이 필요한 일을 제외하고

는 모든 사람이 모든 일을 돌아가며 한 번씩은 하게 된다. 내가 음식을 만들어 보면 음식 만드는 이의 수고를 알게 되고, 내 손으로 구석구석 청소를 해 보면 깨끗한 공간의 고마움을 느끼게 된다. 결국 어떤 일도 더 중요하고 덜 중요하지 않다는 걸 깨닫게 된다.

그런 다음 최종적으로 본인이 맡아서 할 일을 권유받거나 스스로 선택한다. 적성에 맞는지, 그 일이 즐거운지, 능력이 되는지, 보람을 느끼는지, 그 일을 하면서 내 인성을 올바르게 기를 수 있는지, 그 일을 통해 성장할 수 있는지 등 여러 가지를 고려한다. 그렇다고 한 가지 일만 평생 하는 건 아니다. 얼마든지 바꿀 수 있다. 하지만 불변의 법칙이 하나 있다. 언제나 지능적으로, 신체적으로, 정서적으로 약자의 처지에 있는 사람에게 우선권을 준다.

자본주의 세상에서 브루더호프와 같은 이상적인 방식만 바랄 수 없다는 건 잘 안다. 하지만 단순히 '여자니까' 혹은 '남자니까'와 같은 이유로 일을 나누는 건 오늘날 인류가 이룩한 문명을 생각할 때 얼마나 부끄러운 일인가. 아무런 성찰 없이 구분해 놓은 여자의 일과 남자의 일을 한 번쯤은 달리 생각해 보면 좋겠다.

'유니폼 촌스럽다'는 말이 가져온 후폭풍

우리 청소노동자들의 고용주는 아트센터가 아니다. 아트센터가 일 년 단위로 용역업체와 계약을 맺고 청소와 경비 용역을 맡기면 그 용역업체에서 우리 같은 미화원을 고용한다. 그러니 용역업체와 미화원은 매년 바뀔 수 있다. 증명이라도 하듯 미화 사무실 라커에는 지난해 혹은 그전에 입었던 유니폼이 몇 벌씩 걸려 있었다. 여름용인 반팔 작업복, 봄가을용 긴팔 작업복, 그리고 겨울용 두툼한 조끼도 멀쩡한 채로 남아 있었다.

'촌스럽다'는 말, 그게 사단이었다

올해 새로 계약한 회사에서 유니폼을 지급하기 전까지 우리는 작년에 입었다는 유니폼을 그냥 입었다. 좀 허름했지만 입을 만했다. 무엇보다 움직이기 편하고, 젖었다가도 잘 마르니 청소용 작업복으로는 손색이 없었다. 두 달 가까이 입는 동안 우리는 별 불만이 없었는데, 아트센터 팀장이 그 유니폼을 문제 삼았다. 팀장은 용역업체 사장에게 미화원 유니폼이 너무 촌스러우니 바꿔달라고 했다.

'촌스럽다'는 말, 그게 사단이었다. 촌스럽다는 평을 들은 그 유니폼은 전체적으로 회색에다 옆구리와 깃에만 짙은 남색으로 약간 배색을 넣은 디자인이다. 멋이 없다든가 칙칙하다면 몰라도 '촌스럽다'고 하기엔 너무 수수한 옷이었다. 그런데도 용역업체 사장은 팀장의 눈에 난 그 촌스러움을 극복하기 위해 부단히 노력했다. 그는 보통 청소노동자들이 많이 입는 헐렁한 디자인의 유니폼 말고 타이트한 등산복 셔츠를 유니폼으로 제안했다. 그러면서 특별히 원하는 디자인이 있는지 우리 의견을 물었다.

미화원 언니들은 난리가 났다. 등산복을 입으면 늘어진 뱃살이며 툭툭 불거진 옆구리 살이 그대로 다 드러나는데 그걸 어떻게 입느냐고 말도 안 된다며 손사래를 쳤다. 일하려면 손걸레나 장갑 같은 자질구레한 것들 넣을 주머니가 꼭 필요한데 등산복 셔츠는 주머니가 없어서 절대 안 된다고도 했다.

'저희는 등산복 셔츠를 원하지 않습니다. 주머니가 달려 있는 일반적인 디자인의 미화복이 좋습니다.'

우리는 회사 측에 우리 의견을 분명하게 전달했다. 하지만 아무 소용이 없었다. 의견을 물은 건 형식적인 절차에 불과했고, 회사 측에서는 이미 결론이 난 사안이었다. 며칠 후, 등산복 셔츠와 앞치마가 사이즈별로 지급되었다.

셔츠는 주황색이었고 앞치마는 보라색이었다. 앞치마는 몸통을 감싸는 조끼형으로 여러 개의 주머니와 알록달록한 꽃이 어깨 쪽에 두 개, 앞주머니에 한 개, 엉덩이 쪽에 한 개씩 달려 있었다.

"이게 뭐야? 아니 이게 뭐야, 진짜?"

우리는 기가 막혔다. 이리 돌려보고 저리 돌려보면서 어떻게 이런 걸 입으라고 하냐며 성토하다가 어이가 없어서 웃음이 났다. 나는 아쉬운 대로 칼로 꽃을 떼어 내기 시작했다. 쓸데없이 꼼꼼하게 박음질되어 있는 꽃을 하나하나 다 떼어 내고 나니 못 볼 꼴은 겨우 면한 듯했다. 언니들도 꽃을 떼어 내기 시작했다. 그러다가 다 떼어 내기가 귀찮아 어떤 언니는 앞주머니에, 또 어떤 언니는 엉덩이에 꽃을 남겨 놨다. 언니들은 누구 앞치마인지 금방 표시가 난다며 좋아했다.

이렇게 해서 우리 유니폼은 입는 사람의 쓸모와 고충은 안중에도 없고, 관리자의 개인적인 심미적 기준만 만족시키는 주황색 등산복 셔츠와 보라색 앞치마의 조합이 되었다. 무엇보다 나는 사장이 아줌마의 안목을 얕본 것 같아서 은근히 기분이 나쁘다. 아줌마들이면 무조건 알록달록 밝은색을 좋아할 거라는 편견은 이제 그만 깰 때도 되지 않았나? 셔츠 색과 맞춰서 오렌지색 립스틱이라도 바르면 모양새가 좀 나아질까 싶다.

청소를 하더라도
폼 나게!

자기 구역에 도착해서 가장 먼저 할 일은 쓰레기통 비우기다. 내 구역에는 쓰레기통이 세 군데 놓여 있다. 쓰레기통 앞면을 문처럼 열면 연속비닐이 보이는데, 연속비닐이란 걸 난 여기서 처음 봤다. 여러 겹으로 잘 접은 비닐을 틀에 끼워 놓고 아래로 계속해서 뽑아 쓰는 제품이다. 비닐 맨 아래쪽에 매듭을 지어 묶은 뒤 쓰레기가 어느 정도 차면 그 부분까지만 문짝 안쪽에 붙은 칼날에 대고 잘라 낸다. 이 연속비닐이 의외로 비싸다고 한다. 그래서 난 항상 쓰레기를 아래쪽으로 몰아 꼭꼭 누른 다음 가능한 짧게 잘라 내려고 노력한다. 그래서 어떤 몰상식한 인간들이 부피가 큰 포장박스나 날짜가 지난 배너를 둘둘 말아서 통째로 버려둔 걸 보면 한숨이 절로 나온다.

미화원의 업무 매뉴얼

쓰레기통 정리가 끝나면 유리를 닦는다. 전시물과 출입문과 로비 벽면까지 열다섯 짝 정도 되는 유리를 안팎으로 문질러 닦는다. 유리문이나 유리벽 닦을 때는 특별히 까다로운 문제가 있다. 안쪽에서 안 닦여서 바깥쪽 얼룩인 줄 알고 바깥으로 나가서 닦으면 아무리 문질러도 안 닦이다가, 다시 안쪽으로 가서 닦으면 무슨 일인지 이게 또 닦인다. 그러니까 안쪽 바깥쪽 헷갈려서 골탕 먹지 않으려면 한쪽 면을 닦을 때 얼룩이 있든 없든 무조건 힘을 세게 줘서 꼼꼼히 문질러 닦아야 한다.

까다로운 유리 청소를 마친 뒤에는 출입문 바닥의 흙과 먼지를 쓸고, 넓은 로비를 밀대로 밀고 대걸레로 닦는다. 참, 그 전에 로비에 놓인 긴 의자들에 쌓인 먼지를 먼저 털어 낸다. 의자에는 과자 부스러기나 흙 같은 게 늘 허옇게 묻어 있다. 의자의 천이 짧고 미세한 털로 되어 있어서 쉽게 털리지 않는다. 축축한 손걸레를 살짝 말아 쥐고 때리듯이 탁탁 내리치면 잘 털린다. 이 작업은 화풀이하기에 좋다.

로비는 어찌나 넓은지 긴 밀대로 밀어도 한 번에 끝내기 어렵다. 흙과 먼지가 많이 나오기 때문에 중간에 서너 번은 쓰레기를 버리면서 해야 한다. 대걸레질할 때도 걸레가 금방 시커메져서 최소 세 번은 빨아 쓴다. 힘들지만 매끈해진 바닥을 보면 기분이 좋다. 유리 창틀 아랫단과 윗단을 손걸레로 닦으면서 먼지와 벌레를 제거하는 일도 빼놓을 수 없다. 특히 여름엔 날벌레들이 죽어서 수북하게 떨어져 있어 신경 써야 한다. 로비로 통하는 계단 두 군데도 역시 밀대와 대걸레로 닦는다. 계단 모서리에 끼인 먼지는 따로 손걸레질로 훑어 낸다.

여기까지 마치면 화장실 청소를 한다. 나는 보통 남자 화장실을 먼저 청소한 다음, 여자 화장실을 청소한다. 여자 화장실이 훨씬 넓고 칸도 많기 때문이다. 먼저 칸칸이 확인하면서 바닥이나 변기 뒤에 버려진 쓰레기를 줍는다. 그다음 다 쓴 화장지를 새 걸로 교체하고, 지저분한 끝을 단정하게 잘라 내거나 삼각형으로 접는다. 솔직히 처음엔 하나하나 다 삼각형으로 접었는데, 그러다 보니 멀쩡하게 버려지는 화장지가 아깝기도 하고, 또 그렇게까지 안 해도 되겠다 싶어서 그냥 단정하게 자르고 길이만 맞추는 걸로 혼자 타협을 봤다. 세면대 옆쪽 벽면에 붙어 있는 종이 타올 함도 반드시 체크해야 한다. 쓰고 버린 종이 타올은 수거하고 새 것을 넉넉히 보충한다. 그런 다음 마른 바닥을 밀대로 밀어 먼지와 머리카락을 제거한다.

이제 변기를 닦을 차례다. 변기의 안과 밖 그리고 구멍 깊숙이 세제를 뿌리고 수세미나 솔로 문지른 다음 물로 닦고, 마지막으로 마른걸레로 물기를 닦는다. 그리고 며칠에 한 번은 세제 대신 락스를 연하게 탄 물에 적셨다가 꼭 짠 손걸레로 닦아 준다. 나만의 위생 관리 방법이다. 남자 화장실과 여자 화장실을 모두 합치면 변기만 스무 개다. 물론 막힌 변기가 있으면 고무 압축기로 뚫는 것도 내가 해야 하는 일이다. 하도 뚫다 보니까 알게 된 사실인데, 흐린 날이나 비 오는 날 변기가 더 잘 막힌다. 일반 가정집에서도 그런지 모르겠지만, 여기선 확실히 그랬다. 날이 흐리거나 비 오는 날 '아이고, 오늘은 똥물 넘치는 변기가 많겠구나' 하면 틀림없다.

청소할 때도 '모양 빠지는' 건 싫다

변기 다음은 세면대다. 역시 세제로 닦고 물로 헹구고 마른 걸레로 닦는다. 거울의 얼룩과 물기도 말끔히 닦아야 한다. 며칠에 한 번씩 물비누도 보충해 줘야 한다. 하지만 확인은 매일 해야 한다. 양이 얼마나 줄었는지 봐야 하기 때문이다. 사실 이 간단한 일이 내가 가장 싫어하는 일이다. 물비누가 얼마나 남았는지 보려면 화장실 바닥에 바짝 엎드려야 한다. 무릎과 손바닥을 바닥에 댄 채로 얼굴을 바닥에 닿을락 말락 낮춰서 아래에서 올려다봐야 물비누 통이 보인다. 잠깐 확인하기 위해 너무 힘든 자세를 취해야 하기 때문이기도 하지만, 어쩌면 '모양 빠지는' 폼이 싫은 건지도 모른다. 청소를 하더라도 폼 나게 하고 싶다. 언젠가 코엑스몰에서 전동으로 움직이는 멋진 청소차를 타고 가는 미화원을 본 적이 있는데 굉장히 부러웠다.

이런 게 청소의 보람

로비 바로 뒤쪽에 위치한 넓은 스튜디오도 내 몫이다. 스튜디오 바닥은 쪽마루로 되어 있는데 바닥재 틈새마다 해묵은 먼지와 무용수들이 흘린 실핀들이 꽉꽉 들어차 있었다. 내가 꼭 치워야 하는 건 아니었지만, 그 꼴을 보고 그냥 놔둘 수가 없었다. 오후에 할 일을 얼른 마치고 시간을 내서 가장 강력한 흡진기로 틈새의 먼지와 실핀들을 일일이 뽑아냈다. 흡진기를 한 번 돌릴 때마다 큰 먼지 주머니가 가득 차서 교체해야 할 정도로 많은 양의 먼지가 빨려 나왔다. 실핀은 또 얼마나 많이 빼냈는지 모른다. 그냥 버리기가 아까워서 깨끗이 씻어 챙겨 두었는데, 죽을 때까지 사용할 수 있을 것 같다. 바닥 대청소를 마치고 나니 속이 다 시원했다. 그런데 이번엔 또 스튜디오 위쪽에 있는 조정실이 마음에

걸렸다. 어느 날 올라가 보니 먼지가 두툼하게 쌓여서 카펫처럼 덮여 있었다. 과장이 아니고, 건물이 지어진 이후로 단 한 번도 청소를 안 한 것 같았다. 잠수하는 심정으로 숨을 참아가며 먼지를 말끔히 걷어 냈다. 기술 사무실 직원이 보더니 미안한 얼굴로 "아유, 저희가 했어야 하는데……."라고 감사 인사를 건넸다. 기분이 정말 좋았다. 이런 게 청소의 보람이구나 싶었다.

산책 좀 했다고 왕따라니요?

아침에 일터에 도착하면 마음이 급하다. 나 말고 아직 아무도 안 온 걸 보면 더욱 더 마음이 급해진다. 누구라도 오기 전에 쌀을 씻어 전기밥솥에 안치고, 세탁실에서 건조된 걸레를 가져와 종류별로 개어야 하기 때문이다. 안 했다고 누가 뭐라고 하진 않지만, 막내인 내가 하는 게 좋을 것 같아서다. 꼭두새벽에 식구들 아침밥까지 챙긴다는 언니들에게 일하러 와서까지 또 쌀을 씻게 하는 건 막내의 도리가 아닌 것 같다. 그런데 항상 나보다 빨리 출근하는 언니가 한 명 있다. 10분 일찍 출근해도, 20분 일찍 출근해도, 30분을 일찍 출근해도 이 언니의 출근 시간을 따라잡을 수가 없다. 그렇다 보니 이 언니가 휴무인 날에만 내가 막내 역할을 할 수 있다.

미화원의 하루 루틴

전기밥솥에 쌀을 안치고 걸레도 다 준비하면, 7시까지 차를 마시며 시간을 보낸다. 한 분은 둥굴레차, 다른 한 분은 그날그날 기분 따라 다르게, 나머지는 믹스커피, 그리고 나는 주로 따로 가져온 아침식사 대용 생식을 마신다. 건강 때문에 믹스커피는 가급적 안 마시려고 노력하지만 그 달달하고 고소한 향기의 유혹을 뿌리치기란 여간 어려운 일이 아니다. 그래서 나는 보온병에 진하게 한 잔 타서 따로 챙겨 놓는다. 힘든 일을 일단락 짓고 한숨 돌릴 때면 꼭 커피 생각이 나는데, 이렇게 따로 챙긴 커피는 그때 마신다.

오전 일과를 마치면 하나둘씩 다시 방으로 모인다. 먼저 들어온 사람이 전기밥솥의 취사 버튼을 눌러 놓는다. 나는 쌀 익는 냄새를 아주 좋아한다. 그런데 그 좋아하는 냄새를 맡으면서도 10시 30분이 될 때까지는 꼼짝없이 기다려야 한다. 여자 미화원끼리는 점심식사 전 30분 동안 텔레비전을 보며 쉬다가, 10시 30분이 되면 밥상을 차려 먹는다는 암묵적인 '룰'이 있기 때문이다.

시간이 되면 밥상을 차린다. 이때! 눈치껏 재빨리 냉장고 쪽으로 가서 반찬을 꺼내야 한다. 우물쭈물하다가 누군가 다른 사람이 반찬을 꺼내기 시작하면 내가 꼼짝없이 밥을 퍼야 하는데, 밥 푸는 일은 여간 신경 쓰이는 일이 아니다. 왜냐하면 언니들은 다들 "나 밥 많이 주지 마."라고 말하는데, 이게 진심인지 예의상 하는 말인지 알 수가 없기 때문이다. 적게 달란다고 진짜 적게 주면 서운해할 것 같고, 그렇다고 언니들 말을 싹 무시하고 무조건 많이 줄 수도 없어 번번이 곤란하다.

밥을 먹고 나면 설거지를 한다. 설거지는 그 전날 휴무였던 사람이 하기로 되어 있다. 전날 휴무인 사람이 두 명이면 서로 하겠다고 나선다.

설거지를 마치고 양치질도 하고 나면 낮잠 시간이다. 밥 먹고 곧장 누우면 안 좋으니까 30분 정도는 앉아 있다가, 조장 언니나 제일 나이 많은 언니가 "이제 좀 눕자."라고 하면 각자 라커에서 주섬주섬 베개를 꺼내 따라 눕는다. 처음엔 이 낮잠도 점심만큼이나 꿀맛이었다. 낮잠을 잘 못 자는 언니들 몇몇은 누워서 두런두런 이야기를 주고받는데, 이 나지막한 말소리가 꼭 자장가처럼 들려 잠이 솔솔 왔다. 그런데 언제부턴가 이 방에서 낮잠을 자고 나면 머리가 띵해지고 몸도 찌뿌둥해지는 걸 느꼈다. 창문도 없이 밀폐된 방에서 여러 명이 잠을 자니 금방 산소가 부족해져서 그런 게 아닌가 싶다. 게다가 공간도 좁아서 나는 정말 피곤한 날이 아니면 낮잠을 포기하고 살며시 방을 나선다. 어딘가 조용한 곳을 찾아 책을 읽기도 하고 야외 마당을 산책하기도 한다.

내 손으로 닦고 가꾼 공간을 누리다

내가 일하는 아트센터는 산책하기 참 좋다. 야트막한 동산과 마당이 연결되어 있어, 서울을 벗어나 어디 공기 좋은 데 놀러 온 것 같다. 그런데 아트센터 여기저기를 거니는 내 모습을 보고 센터 직원들이 내가 여자 미화원들한테 왕따를 당하고 있는 게 아니냐며 수군거린 일이 있었다.

왜 그렇게 보였을까? 혼자 울고 있었던 것도 아니고, 한숨 푹푹 내쉬며 웅크리고 있었던 것도 아닌데. 그저 미화원이 휴식 시간에 산책하는 모습이 낯설었던 건 아니었을까? 청소노동자는 쉴 때도 구석진 곳에서 남들 눈에 띄지 않게 있어야 하는 걸까? 마당의 잔디, 로비와 야외 데크, 모두 우리 손으로 곱게 가꾸고 말끔히 치웠는데, 우리도 그 공간을 누릴 자격은 있지 않을까? 누가 뭐라고 오해를 하든 말든 나는 꿋꿋이 산책을 한다. 물론 벤치에 앉아 차도 한 모금 마시면서…….

잡초가 이긴다

날이 따뜻해지고부터 여자 미화원들은 날마다 잡초 제거 작업에 투입되고 있다. 원래는 조경 담당이 해야 할 일이지만 인력이 따로 없다 보니 우리 차지가 되어 버렸다. 올해부터 아트센터가 조경에 각별히 신경을 쓰게 되었기 때문이다. 지금까지는 명품 공연 위주로 운영되었다면, 이제는 구민들이 편하게 이용하고 즐기는 친숙한 공간으로 개방하기로 하면서 야외 마당을 꾸미는 데 주력하게 된 거다.

"사람이 일부러 심은 것 외에는 모두 제거하라!"

잡초를 뽑는 원칙은 이랬다. "사람이 일부러 심은 것 외에는 모두 제거하라!" 우리는 이 명령에 따라 잔디밭에선 잔디 외에 모든 풀을, 봉숭아 꽃밭에선 봉숭아 외에 모든 꽃과 풀을 '인정사정'없이 뽑아내고 있다. 잡초를 뽑으면서 왜 쓸데없이 '인정사정'이 생기냐면 잡초라 하기엔 너무나 사랑스러운 풀과 꽃들이기 때문이다.

야외 마당에는 민바랭이, 토끼풀, 질경이, 강아지풀, 민들레, 새포아풀, 쑥, 망초, 개망초, 나도방동사니, 갈퀴덩굴, 쇠뜨기, 개소시랑개비 등 갖가지 풀들이 자생적으로 자라고 있다. 물론 나도 처음엔 이 풀들의 이름을 다 알지는 못했다. 그런데 매일 내 손으로 뿌리째 뽑아서 목숨을 끊어 놓다 보니 어느 날 이 풀들이 정말 해로운 게 맞는지 의문이 생겼다. 왜 이 풀들을 꼭 없애야 하는 거지? 보기 싫게 생겨서? 다른 풀들의 성장을 방해해서? 아니면 토질을 나쁘게 만들어서? 나는 정확히 알아보고 싶었다. 그래서 하나씩 사진을 찍어 두었다가 애플리케이션과 검색 사이트를 통해 풀에 대해 알아보기 시작했다.

참 놀라운 건 모든 풀이 이름을 갖고 있다는 사실이다. 우리 조상들은 어떤 작은 풀도 그냥 지나치지 않았나 보다. 어떤 모양새를 가졌는지, 언제 어디에서 자라 어떻게 퍼지는지, 어떻게 먹을 수 있는지, 어떤 이로움을 주는지를 알아내어 꼭 맞는 이름을 붙여준 걸 보면 그 섬세한 마음씨에 감탄하지 않을 수 없다.

신비로운 풀들의 세계

가장 흔한 토끼풀은 흙 속에 질소를 공급하는 일등 공신이다. 질소는 식물이 건강하게 자라도록 도와주고 토양을 비옥하게 만들어 주는데 정작 토끼풀이 사용하는 질소는 아주 적은 양이란다. 그러니 토끼풀은 좋은 걸 많이 만들어서 자기는 조금만 먹고 대부분 이웃들에게 다 나눠 주는 너그러운 풀이다.

토끼풀은 잔디 사이사이로 줄기를 얼기설기 뻗으면서 마디마디마다 뿌리를 내린다. 나머지를 잘라 내도 한 조각이라도 땅 속에 남아 있으면 금세 다시 살아난다. 그러니 토끼풀을 완전히 제거하려면 얼마나 힘든지 모른다. 잔디와 토끼풀은 서로 그물처럼 엮여 있는데, 잔디는 해치지 않으면서 토끼풀의 줄기만 살살 풀어 뿌리까지 캐내는 일은 정말 묘기 수준이다.

그런데 그 어려운 걸 해내서 마침내 하얗고 가느다란 뿌리가 끝까지 뽑힌 긴 토끼풀을 보면 속이 후련하다. 어라, 후련하네? 이 감정은 뭐지? 이럴 수가! 괜한 적대감이 생긴 나 자신을 발견했다. 토끼풀은 고마운 풀이라는 걸 아는데도 '뽑아야 한다'는 하나의 목표가 주어지자 맹목적인 집착이 생겨난 것이다. 호미를 들기 전엔 아무 죄 없는 토끼풀을 왜 뽑아야 되느냐고 툴툴거리다가도 막상 쭈그려 앉아 호미질을 시작하면 '요것 봐라, 요렇게 숨어 있으면 내가 못 캐낼 줄 알고!' 하면서 전투욕에 불이 붙는다. 인간이 얼마나 나약하고 얼마나 쉽게 이성을 잃게 되는 존재인지 새삼 깨닫는다.

질경이도 토끼풀 못지않게 흔하고 또 이름처럼 질기다. 질경이가 길가에 많은 이유는 모든 풀이 살고 싶어 하는 좋은 환경을 피해서 스스로 밀려났기 때문이다. 길가에 살면 쉽게 밟히고 찢기지만 적어도 다른 풀들과 경쟁하지 않아도 된다. 경쟁이라는 스트레스보다는 차라리 물리적 고통을 택한 것이다. 나는 질경이의 마음을 알 것 같아 눈물마저 핑 돌았다. 그런데 이 양보심 많은 질경이의 효능을 알고 나면 입이 떡 벌어진다. 심장, 신장, 간, 기관지, 정력에 좋으며 위궤양, 천식, 고혈압, 동맥경화, 변비까지 고친다고 한다. 무슨 약장수의 허풍 같지만 사실이다.

나지막한 관상수 사이로 보일 듯 말 듯 흔들리는 풀은 이름도 촌스러운 쇠뜨기인데, 척박한 땅에서도 잘 자라는 쇠뜨기는 소가 잘 먹는다고 해서 붙여진 이름이다. 하지만 요즘엔 소에게 먹힐 일 없어서 무성하다고 한다. 이 쇠뜨기 또한 질경이에 버금가는 만능 약초다.

쑥의 고마움은 누구나 알 터이고, 어린 망초를 나물로 먹으면 참 맛있다는 것도 알 만한 사람은 다 아는 사실이다.

나는 처음 알았지만. 호미를 댈 것도 없이 맥없이 무너지는 작고 여린 개소시랑개비는 꽃도 예쁘지만 어린 줄기와 잎은 먹을 수도 있다. 자근자근 씹어 보면 상큼한 수박 맛이 살짝 감돈다.

인간이 무슨 수로 자연을 이기랴

우리는 가끔씩 허리를 펴며 한숨을 쉰다. 애써 심었어도 시들시들한 봉숭아나 양귀비보다 오히려 저절로 자라난 풀꽃들이 훨씬 예쁜 것 같은데, 싹 다 뽑혀야 하는 생명들이 가여워 혀를 끌끌 찬다. 그래도 우리의 호미질은 멈출 수가 없다. 시킨 일은 해야 한다. 민바랭이의 깊은 뿌리를 캐내고, 사철나무 사이를 누비며 감아 오른 갈퀴덩굴을 휘어잡아 뜯어내고, 싱싱하게 솟아난 새포아풀과 반갑게 인사하듯 활짝 핀 나도방동사니를 쭉쭉 뽑아낸다.

산책 나온 사람들이 지나가다 묻는다.
"무슨 약초를 그렇게 캐요?"
"약초 아니에요. 잡초 뽑는 거예요."

말은 그렇게 했지만 세상에 잡초가 어디 있을까? 풀이 저마다 지니고 있는 신비와 눈부신 아름다움과 고마운 쓰임새를 모르는 사람에게만 잡초로 보일 뿐이다. 사람이 아무리 잡초를 제거하고 또 제거해도 잡초는 굴하지 않고 되살아난다. 자연의 무심함은 모든 것을 넘어선다. 두려움 없는 생명, 결국엔 잡초가 이긴다.

3부 여름

노동하는 내 몸이 상하지 않게 보호하면서 청소도 깔끔하게 하려면
천천히 움직여야 했다.
그런데 일에 몰두하다 보면 속도가 붙어서
자기도 모르게 자꾸 빨리하게 된다.
천천히 일하는 것도 의식적인 노력이 필요하다.

뜨거운 노동,
뜨거운 고민

그 나물에 그 밥이 제일 맛있다

새벽에 일어나 부랴부랴 출근해서 7시부터 청소를 하다 보면 9시만 되어도 배에서 꼬르륵 소리가 난다. 나는 이때 땀으로 축축해진 면장갑을 잠시 벗고 아침에 챙겨 온 떡 한 조각과 함께 보온병에 담아 온 물이나 차를 한 모금 마신다.

내가 간식을 먹는 장소는 여자 화장실 입구다. 화장을

고치거나 차림새를 다듬으라고 거울과 선반을 마련해 놓은 곳이어서 변기에서 약간 거리가 있다. 게다가 매일 내 손으로 청소하는 곳이라 웬만한 집 욕실보다 깨끗할 거라곤 생각하지만, 그래도 화장실에서 뭔가를 먹고 있는 모습을 누가 볼까 싶어 떡도 음료도 급하게 삼키게 된다.

허기를 달래고 나면 다시 청소를 한다. 변기 시트를 하나하나 들추어 보고, 변기 안쪽의 홈과 오물 내려가는 구멍 깊숙한 곳을 꼼꼼히 문지른다. 그렇게 오줌 자국과 똥 찌꺼기를 말끔하게 닦는다. 가끔 솔질을 세게 하거나 수세미를 문지르던 손의 방향을 급하게 틀다가 변기 물이 얼굴에 튈 때면 나도 모르게 욕이 나온다. 나 말고 탓할 사람이 없어 더 화가 난다.

대견하게도 나는 이 일을 하면서 한 번도 구역질을 하지 않았다. 누런색도 아니고 시꺼먼 똥물이 넘쳐 나는 변기 속을 고무 압축기로 쑤시고 나서도 점심시간이 되면 밥만 잘 먹었다. 처음에는 먼지투성이에 변기 물도 튀었을 법한 유니폼을 그대로 입고 밥을 먹는 게 꺼림칙했다. 밥 먹을 때 변기에 묻어 있던 똥 자국이 눈앞에 아른거리면 어쩌지 하는 걱정도 들었다. 괜한 걱정이었다. 노동 후에 찾아오는 배고픔은 단순하고 정직했다. 전기밥솥에서 새어 나오는 구수하고 향긋한 밥 냄새에 얼른 상 차리고 싶어 안달이 날 뿐 다른 생각은 할 겨를이 없었다.

미화원의 점심시간

미화원들은 밥을 해 먹는다. 쌀은 회사 측에서 사 주고, 반찬은 각자 알아서 가져온다. 멸치볶음, 호박나물, 고추조림, 숙주나물, 가지나물, 오이무침, 콩자반, 미역줄기볶음, 씀바귀나물, 오징어채볶음, 깻잎장아찌, 마늘장아찌 등 각종 밑반찬과 제철 김치들을 가져와 냉장고에 넣어 놨다가 밥 때가 되면 상 위에 펼쳐 놓고 나누어 먹는다. 두부 부침과 계란말이, 생선조림이나 구이 같은 것도 종종 상 위에 올라온다. 여름엔 건물 주차장 뒤편 텃밭에 심은 상추와 부추로 쌈밥을 원 없이 먹었다. 쌈밥 먹을 때 쌈장 대신 갈치속젓을 넣어 먹으면 별미라는 것도 이때 알게 되었다.

소화력이 약한 나는 밥을 많이 먹지 못하고, 먹더라도 매우 천천히 오래 씹어 먹어야만 했는데, 청소일을 하면서부터는 고봉밥 한 그릇을 단숨에 먹어 치우게 되었다. 언니들이 먹는 속도에 맞춰 급하게 먹어도 소화가 잘만 됐다.

'그 나물에 그 밥'이라는 말이 안 좋은 뜻으로 쓰이는 걸 보면 사람들은 매일 비슷한 반찬에다 밥 먹는 걸 싫어하는 모양인데, 나는 매일 먹는 비슷한 반찬들이 세상 꿀맛이었다. 특히 푸성귀를 무쳐 놓은 나물 종류만 있으면 밥이 꿀떡꿀떡 잘도 넘어갔다.

한 달에 한 번 정도는 사측에서 회식 조로 점심을 사 준다. 그럴 때면 소장은 선심 쓰듯 말한다.

"오늘은 밥하실 필요 없습니다. 저희가 밖에서 사 드립니다."

솔직히 나는 이 말이 하나도 반갑지 않다. 밖에서 먹어봤자 뻔한 조미료와 양념 맛이지 싶다. 나는 수십 년간 밥상을 차려 온 언니들이 알뜰하게 만든 제철 반찬에 따끈한 밥 한 그릇이 언제나 제일 맛있다.

“네가 일을 느리게 해서 모두가 다 불편해!”

일을 느리게 한다고 한 소리 들었다. 같이 일하는 미화원 언니들은 그동안 내가 일하는 속도에 불만이 많았다고 했다. 언니들은 여러 번 돌려서 말하고 또 눈치도 주었는데, 내가 그걸 전혀 알아차리지 못했다는 것이다. 평소 목소리가 제일 큰 언니가 대표격으로 말했다.

"네가 일을 느리게 해서 언니들이 다 불편해하고 있어. 너 그런 식으로 하면 어딜 가도 왕따 당한다. 여기는 여기만의 '룰'이 있는 거야."

우리말이니까 알아듣기는 했지만, 솔직히 이해되지는 않았다. 첫째 일을 같이 하는 게 아니고 구역을 정해서 각자 일하는데 내가 느리게 한다고 언니들이 불편할 일이 뭔가 싶었고, 둘째 '그런 식'이라는 게 정확히 뭘 뜻하는지 몰랐고, 셋째 여기만의 룰이 일을 빨리 해야 한다는 룰이라면 무엇 때문에 그런 룰이 생긴 건지 알 수가 없었다.

무엇보다 기분이 나빴다. 억울했다. 나는 나름대로 정성껏 쓸고 닦으면서 열심히 일하고 있는데, 마치 내가 게으름 피우면서 남에게 피해를 주고 있는 사람이 된 것 같아서 정말 속상했다. 하지만 언니들이 왜 그러는지 어렴풋이 알 것도 같았다.

나는 청소할 때 동작을 꼼꼼하고 차분하게 하려고 노력한다. 처음에 멋모르고 빠르게 박박 문지르다가 어깨가 삐끗한 적이 몇 번 있었기 때문이다. 대걸레 자루도 급하게 휙 휙 돌리면 관절이 상하기 십상이다. 또 빨리 닦으려고 하다 보면 놓치는 얼룩과 먼지가 있기 마련이다. 그러니 노동하는 내 몸이 상하지 않게 보호하면서 청소도 깔끔하게 하려면 천천히 움직여야 했다. 그런데 일에 몰두하다 보면 속도가 붙어서 자기도 모르게 자꾸 빨리하게 된다. 천천히 일하는 것도 의식적인 노력이 필요하다.

하지만 언니들 눈엔 그게 매우 거슬렸다고 했다. 이제까지 언니들이 보아 왔던 미화원의 모습, 자신들이 익숙하게 해 왔던 방식과 달랐기 때문이다.

그래도 만일 내가 오전 근무 끝내는 시간을 언니들과 똑같이 맞췄으면 나한테 이렇게까지 대놓고 뭐라고 하지는 못했을 것이다. 그런데 나는 항상 언니들보다 늦게 일을 끝냈다. 불편하다는 건 그 얘기였다. 다들 10시에 일을 마치고 방에 들어와 쉬고 있는데 나만 일을 계속하면서 안 들어오고 있는 게 못마땅했다고 한다.

'룰'은 도대체 누가 어떻게 정한 거지?

아니 왜? 진짜 원칙대로 하자면 룰을 어긴 건 내가 아니고 언니들 아닌가? 원래 오전 근무는 11시 30분까지이고, 그때부터 한 시간이 점심시간인데, 마음대로 점심시간을 10시 30분으로 앞당겨 놓고! 그리고 점심 먹는 시간은 맞추려고 늦어도 10시 30분까지는 청소를 마치고 방으로 들어가는데 뭐가 그렇게 잘못이야? 점심 먹기 전 30분은 그냥 텔레비전 보면서 쉬는 시간인데, 그 시간을 안 지킨 게 룰을 어긴 거야? 10시까지 일을 마치고 방으로 내려와야 한다고 나한테 정식으로 말해 준 적도 없으면서 진짜!

이렇게 따지고 싶은 마음이 굴뚝이었다. 하지만 그러지 못했다. 어쩌면 내가 이 청소일을 몇 년이고 계속할 생각이 있었다면, '룰'이라는 것에 대해 근본적인 의문을 제기했을지도 모른다. '룰'은 도대체 누가 어떻게 정하는 것이냐고 말이다. 그런데 난 그럴 자격이 없다고 생각했다. 돈을 모으겠다는 목적으로 딱 일 년만 하려던 거여서 그냥 맞춰야겠다는 생각이 들었다. 막내가 30분 더 일하는 것 때문에 언니들이 그렇게 불편하다면, 그까짓 것 그냥 30분 당겨 보자 싶었다.

그 후로는 일을 제대로 하는 것보다 정해진 시간에 끝내는 게 더 중요해졌다. 할 수는 있었다. 하지만 뭔가 뒤바뀐 느낌이 들었다. 모두가 하는 대로 맞추기는 했지만 마음 속 의문은 사라지지 않았다. 원래 정해진 근무 시간은 넉넉한데 일을 몰아서 빨리 해 놓고 쉬어야 한다는 '룰'이 도대체 왜 생긴 걸까? 많이 쉬고 싶어서 그런 걸까? 강도 높게 일을 한 다음 쉬는 것과 쉬는 시간은 없어도 여유 있게 일하는 것, 어느 쪽이 노동자의 안전과 건강을 위해 더 나은 선택일까? 이런 생각들이 꼬리에 꼬리를 물었다.

혹시 과거에 말발이 셌던 어떤 분이 하자는 대로 따르면서 그냥 굳어져 '룰'이 된 건 아닐까 싶기도 했다. 한 언니는 오전 일과를 끝내고 방으로 들어올 때마다 기진맥진했다. 서둘러 세게 닦느라고 어깨가 아프다고 했다. 당연히 그럴 것이다. 게다가 방에 모여서 쉰다고 하지만 정말 쉬는 게 아니다. 텔레비전 앞에 쭈그려 앉아 있는 것이 몸과 마음에 진정한 휴식이 될 것 같지는 않다.

그래도 별수 없었다. 호되게 지적을 당하고 나서부터는

뭘 하든 빨리하려고 엄청 신경을 쓰게 되었다. 특히 극장 내부 청소 같은 공동 작업을 할 때는 더욱 신경을 바짝 곤두세웠다. 행여나 속도에서 뒤처질까 봐 조바심이 났다. 자연스레 경쟁심도 생겼다. 언니들보다 일을 더 많이 더 빨리 해내겠다는 강박으로 내 자신을 몰아붙였다.

경쟁은 일의 본질을 흐리게 만든다. 극장에 오는 관객에게 깨끗한 객석과 바닥을 선사하겠다는 서비스 정신은 들어설 틈이 없고, 그저 나의 걸레질이 스쳐 간 객석 수가 가장 많아야 한다는 압박 뿐이다. '쟤 또 저렇게 느려 터졌네'라는 소리는 절대 듣고 싶지 않았다.

'천천히' 일할 권리

많은 노동자들이 속도에 쫓겨 일하다가 사고를 당하고 죽음을 맞이하기도 한다. 공사 기간을 단축하고, 두 명이 할 일을 한 명이 하다 보니 시간에 쫓기고 과중한 작업량에 치여 다치고 쓰러지고 죽어가고 있다.

산업 혁명 이후 노동의 속도는 생산량과 직결되어 높이 평가되어 왔다. 빠르게 일한다는 건 숙련되었다는 뜻이고 일 잘한다는 말과 동의어가 되었다. 하지만 이제는 다른 패러다임을 가져올 때도 되지 않았을까? 빠른 속도는 사람을 아프게 하고 세상을 병들게 한다.

누군가를 배려할 때 우리는 결코 빨리하라고 다그치지 않는다. 길이 막혀 늦는다는 친구에게는 '서두르지 말고 조심해서 와'라고 말하고, 걸음마가 서툰 아기에게는 '천천히 가자'라고 말한다. 함께 밥상에 앉은 사람에게 건네는 '천천히 많이 먹어'라는 말에는 그 사람을 사랑하는 마음이 담겨 있다. '천천히'는 가장 따뜻한 사랑의 언어라고 생각한다. 나는 이 사랑의 언어를 언니들이 자신들에게 먼저 들려주기를 바란다.

"가만있어 봐. 내가 왜 이렇게 빨리 해야 되지? 나 좀 천천히 해도 되잖아. 그래, 천천히 하자."라고 스스로를 다독여 줬으면 좋겠다.

엿보고 싶은 비밀

영화나 드라마 속에서 화장실은 치명적인 비밀이 누설되는 장소가 되곤 한다. 칸막이 안쪽에 누가 있는지 모르는 채 비밀을 말해 버리거나, 남자들이 나란히 서서 볼일을 보다가 뭔가를 발견하게 되거나 하는 식으로 말이다. 영화 속 얘기만은 아니다. 현실에서도 화장실은 사람들의 비밀이 드러나는 공간이다.

가장 잘 드러나는 건 그 사람의 아랫배에 숨겨진 비밀이다. 장이 건강한 사람은 변을 부드럽게 잘 내보내기 때문에 여간해선 변기에 흔적을 남기지 않는다. 용변을 보고 나서 뒤를 닦아도 거의 묻어나는 게 없어 두루마리 휴지를 지나치게 많이 쓰는 일도 없다.

반면 변비가 있거나 장의 상태가 안 좋은 사람은 변이 곱게 나오지 않기 때문에 분비물이 이리저리 많이 튄다. 잔변감 때문에 비데의 '쾌변' 기능을 사용하는 경우도 많은데, 이런 경우 변기의 상태는 더욱 참혹하다.

배설물은 자기 삶의 결과라고 생각한다. 자신이 어떻게 살고 있는지 적나라하게 보여 준다. 잘 싸려면 잘 먹어야 된다. 그리고 어떤 음식을 택해서 어떻게 먹는지는 이 세상의 다른 생명들과 내가 어떻게 관계 맺고 있는지와 직결된다. 올바른 식습관을 가져야 건강한 변을 볼 수 있다.

만일 너무 힘들게 변을 보거나 내 변이 끔찍한 모습을 하고 있다면, 이는 내 몸과 마음이 힘들다는 증거이다. 이것이 정녕 사람의 몸에서 나온 것인가 싶을 정도로 석탄같이 검은 똥물을 목격할 때면, 뭔지 모를 스트레스로 시커멓게 타들어 간 그 사람의 마음을 보는 것 같다. 간혹 핏자국까지 남기는 사람이 있는데, 찢어지는 아픔을 참고 사느라 얼마나 힘들까 싶어 안타까운 마음이 든다. 남자 소변기에 남은 탁하고 찐득한 오줌을 보면 필시 병이 있는 사람이겠구나 싶고, 소변기 안에 씹던 껌을 뱉어 놓은 걸 보면 몸이 아니라 양심에 병이 든 사람이겠구나 싶다.

사용한 변기를 보면 인격이 보인다

사람의 외모가 단정하고 말끔하다고 해서 볼일을 보고 난 모습도 깔끔한 건 아니다. 오히려 정반대인 경우도 많다. 대기업 남자 화장실을 다년간 청소해 온 언니의 말에 의하면, 멋지게 양복을 차려입은 그들이 앉았다 간 변기 속은 정말이지 처참했다고 한다. 직장에서 받는 극심한 스트레스에 급하게 삼키는 맵고 짠 음식, 거기다 밤늦도록 이어지는 술자리까지……. 아침에 피똥을 싸는 사람이 한둘이 아니라고 했다.

혼자만 깔끔떠느라 모두에게 불결함을 안겨 주는 여자들도 있다. 변기에 엉덩이를 대는 게 싫어서 한쪽 발만 시트에 올려놓고 볼일을 봐서 오줌을 사방에 뿌려 놓는 여자가 있는가 하면, 자기 변이 그렇게 더러운지 휴지를 열 겹 이상 둘둘둘둘 감아서 밑을 닦는 여자, 생리대 수거함에 손대지 않으려고 피 묻은 생리대를 수거함 입구에 반쯤만 걸쳐 놓는 여자도 있다.

제대로 손 씻는 방법도 모르는지 대충 물만 묻히고 그 물을 거울에다 튕기면서 손을 터는 사람, 화장실에는 일 초도 더 머물기 싫은지 변기 물도 안 내리고 줄행랑을 치는 사람들을 보면 언니들은 이렇게 말한다.

"진짜 별꼴이야. 우리가 얼마나 깨끗하게 매일 닦는데! 우리가 청소한 화장실이 아마 지네 집 안방보다 깨끗할걸."

사실 화장실 칸막이 안에 문을 닫고 들어간 사람의 모습은 아무도 보지 못한다. 그 사람이 남긴 흔적을 보고 미루어 짐작할 뿐이다. 어떻게 변을 보는지, 어떻게 뒤처리를 하는지, 어떻게 다음 사람을 배려하고 환경을 생각하는지는 그 사람만의 비밀이다. 본의 아니게 그 비밀을 엿볼 수밖에 없는 우리 미화원들이 엿보고 싶은 건 아름다운 비밀이다.

당신의 눈에는 제가 어떻게 보이나요?

아침마다 아트센터 로비에는 할머니 할아버지들이 모여든다. 국가에서 공공 근로자로 고용한 어르신들이다. 어르신들은 그날 모이기로 한 사람이 모두 다 올 때까지 로비에서 기다린다. 제일 처음 오는 분, 그다음으로 도착하는 분, 시간이 다 돼서야 헐레벌떡 오는 분까지 그 순서는 날마다 거의 변함이 없다.

내가 대걸레로 로비를 닦을 때쯤, 작은 체구의 할머니가 첫 번째로 들어온다. 할머니는 의자에 앉아 내가 청소하는 모습을 가만히 지켜보다가 이렇게 말한다.

"이렇게 깨끗한데 뭘 그렇게 매일같이 닦아?"

어느 날은 이렇게도 말한다.

"드러누워서 자도 되겠네."

더할 나위 없이 따뜻한 칭찬에 나는 활짝 웃는 얼굴로 인사를 대신한다.

어르신들 중에는 과자, 떡, 과일 등 꼭 무언가 먹을 것을 가져와 때로는 내 손에 초코파이 하나, 사과 한 개를 쥐어 주는 분도 있다. 또 어떤 분은 깨끗하게 청소해 놓은 화장실에 미안한 듯 들어서며 "부지런하면 어떻게든 먹고 산다니까." 하며 대견하다는 듯 말을 흘리는 분도 있다.

반면 나의 존재를 껄끄러워하는 사람들도 있다. 매일 출근길에 아트센터 화장실을 사용하고 가는 남자는 나를 없는 사람 취급한다. 아트센터는 구민을 위한 공간이니 누구나 언제든 화장실을 사용할 수 있다. 다만 그 남자는 매일 정해진 시간에 화장실 이용만을 위해 드나드는 게 너무 빤히 드러나니까 민망한 모양인데, 그렇다면 차라리 인사를 해서 안면을 틀 것이지 방귀 뀐 놈이 성낸다고 괜히 화난 얼굴이다.

며칠에 한 번씩 나타나 불룩한 비닐봉지를 배낭 속에서 꺼내 출입구에 있는 쓰레기통 속에 재빨리 쑤셔 넣고 가는 사람도 있다. 매번 잔뜩 긴장한 태도로 미션을 수행하는데 나와 눈이 마주치면 흠칫 놀라서 나까지 덩달아 놀라게 된다.

생각지 못한 미화원의 '권위'

한번은 생각보다 센 미화원의 '권위'를 경험한 적도 있다. 주무관이 미화원들을 다 불러 놓고 업무에 관한 지시 사항을 전달한 뒤 다소 형식적으로 건의할 것 있으면 말해 보라고 했을 때, 나는 손을 번쩍 들고 아이들이 로비에서 킥보드를 타지 못하게 했으면 좋겠다고 말했다. 목재로 되어 있는 로비 바닥에 흙 자국과 패인 자국이 남고 또 위험할 수도 있기 때문이었다. 상식적으로도 아트홀 로비에서 킥보드를 탄다는 건 예의가 아니지 않느냐고 덧붙였다. 그랬더니 주무관은 굉장히 난처한 표정으로 이렇게 대답했다.

"공무원은 시민에게 그런 얘기를 할 수 없습니다. 당장 민원이 들어와요. 미화원 분들께서 직접 말씀해 주세요."

그래서 어느 날 로비에서 킥보드를 타는 아이를 발견했을 때 나는 다가가서 말했다.

"여기서 이거 타면 안 된다, 얘야."

아이는 곁에 있던 엄마를 올려다보며 떼를 썼다.

"엄마, 나 이거 지금 타고 싶단 말이야."

나는 아이의 엄마가 극장 로비에서는 킥보드를 타면 안 되는 이유를 설명하고 공공장소에서 지켜야 할 기본적인 예절을 아이에게 가르칠 줄 알았다. 하지만 그 엄마는 이렇게 말했다.

"몰라! 저 아줌마가 안 된다잖아."

그때 난 공무원보다도 세고, 아이의 엄마보다도 센 일개 미화원의 '권위'를 실감했다.

미화원은 투명 인간?

하지만 대부분의 경우 미화원의 존재는 있는 듯 없는 듯 드러나지 않는다. 미화원 유니폼을 입는 순간 한 사람의 인간이기보다는 하나의 기능적 존재가 되는 것 같다. 나 또한 이 일을 하기 전엔 건물 화장실이나 지하철에서 청소하는 분들의 얼굴을 관심 있게 본 적이 없었다.

그런데도 처음엔 지인을 마주치면 어떡하나 싶은 걱정을 살짝 했었다. 내가 일하는 곳이 아트센터여서 연극계 지인을 마주치지 않을까 싶었는데, 매우 어색할 것 같았기 때문이다. 그런 생각이 들 때면 모르는 척 지나쳐서 그 사람이 '내가 잘못 봤나?' 하는 생각이 들도록 만들 것인지 아니면 인사를 하고 내가 이곳에서 미화원으로 일한다고 당당히 밝힐 것인지 혼자 고민하기도 했다.

나는 왜 그런 고민을 했을까? 청소일 하는 게 부끄러워서? 그건 아니다. 나의 선입견일지 몰라도, 전에 나를 알던 사람이 미화원이 된 나를 보면 가엾어하거나 돌변한 내 처지를 딱하게 여길 거라는 생각이 들었다. 그러면 나는 그 오해를 풀기 위해 일일이 설명해야 하는데 그 과정이 참 구차

할 것 같았다.

아무튼 그러다 정말로 아는 사람을 보게 되었다. 나는 작가로, 그는 안무와 연출로, 두 번이나 공연을 함께 만든 적이 있었기에 서로 잘 아는 사이였다. 청소를 하다가 귀에 익은 목소리가 들려서 돌아보니 그 사람이었다. 조금 떨어진 거리에 있었기에 얼른 피했다. 하지만 장기 공연인지라 그는 그 후로도 여러 번 더 아트센터에 왔고 어느 날 피할 수 없는 통로에서 정면으로 마주쳤다. 할 수 없이 인사할 각오를 하고 상대를 똑바로 바라봤는데 세상에나, 그는 내 얼굴을 빤히 보면서도 나를 알아보지 못했다.

한편 놀랐고 한편 안도했다. 기분이 나쁘지는 않았다. 사람들이 청소노동자의 얼굴 같은 건 신경 쓰지 않는다는 사실을 알게 되자 오히려 편해졌다. 몰라봐 줘서 고마운 마음도 들었다. 그래도 더 고마운 사람은 나를 유심히 바라보다 따뜻한 말 한마디 건네는 어르신들이다.

청소의 신

K언니는 자타가 공인하는 청소의 신이다. 밀대로 밀고 물걸레로 닦을 줄만 알았던 다른 미화원 언니들은 K언니가 알려 주는 놀라운 약품과 도구들, 청소법에 눈이 휘둥그레졌다. 몸소 보여 주는 거울 닦기 신공에는 모두들 감탄하지 않을 수 없었다.

지은 지 10년이 다 된 아트센터는 바닥 대부분이 낡고 거칠어진데다가 묵은 때가 껴서 청소를 해도 티가 잘 안 난다. 그런데 K언니는 그걸 다 새것처럼 만들 수 있다고 했다.

"박리제를 물에 타서 수세미에 묻힌 다음 요렇게 살살살살 문지르면 그냥 시커먼 물이 줄줄 흐르면서 때가 싸아악 벗겨진단 말이지. 그러면 일단 끌대로 싸악싸악 긁어내서 화장실 쪽으로 몰아서 버리고 물걸레로 몇 번만 닦으면 그냥 뭐 새것처럼 하얘져."

언니 이야기를 듣고 있노라면 '싸악싸악' 하는 소리와 야무진 손짓만으로도 벌써 청소가 다 된 것처럼 속이 시원해졌다. 하지만 실제로 해 보니 그렇게 요술처럼 이루어지는 작업은 아니었다. 박리제라는 약품은 숨쉬기 힘들 정도로 냄새가 굉장히 독했고, 이 약품을 썼다 해도 살살 문질러서 될 일이 아니었다. 쭈그려 앉은 채 힘주어서 박박 문질러야 하는데 조금 하다 보면 금세 땀이 후두둑후두둑 떨어졌다. 게다가 벗겨 낸 때가 다시 말라붙기 전에 서둘러 닦아 내는 일도 결코 쉽지 않았다.

이런 식으로 K언니는 여러 가지 큰 일거리를 만들었다. 미화반에는 엄연히 반장과 조장이 있는데, 반장도 조장도 아닌 K언니는 이번 달에는 이걸 해야 한다, 다음 달에는 저걸 해야 한다 하면서 미화반을 휘둘렀다.

세상엔 나서고 싶어 하는 사람만큼이나 나서는 걸 싫어하는 사람도 많다. 조장 언니는 안 그래도 나서기 싫었는데 K언니가 대신 나서 주는 걸 고마워하는 눈치였다.

"K가 청소에 대해서 제일 잘 알고 또 제일 잘하는데 내가 뭐라고 하겠어?"

조장 언니가 K언니 뒤로 숨으니 우리들은 더 할 말이 없었다.

남자 반장 또한 카리스마가 있는 성격이 아닌데다 몇 번 반장 역할을 수행하다 어려움을 겪은 후로는 웬만해서는 나서지 않았다. 하지만 속으로는 K언니에 대해 불만이 많아 보였다. 팀장·주무관·소장·반장, 이렇게 이어지는 지휘계통을 K언니가 중간에서 멋대로 흩뜨려 놓곤 했기 때문이다. 그도 그럴 것이 K언니는 반장이 청소에 관해 아는 것도 없고 일할 때 몸을 사린다고 영 마뜩잖게 여겼고, 말발이 센 언니들이 합세하면서 덩달아 우리 모두는 반장을 별로 인정하지 않게 되었다.

혼자서만 너무 열심히 일하면

햇볕에 타들어 갈 것만 같던 어느 날, 여자 미화원들이 다 같이 잡초 뽑기 작업을 하던 중이었다. 호스로 잔디밭에 물을 주고 있던 한 남자 미화원이 대뜸 이런 말을 했다.

"너무 열심히들 하지 마세요. 천천히 하세요, 천천히. 청소일 하루 이틀 하고 말 거 아니지 않습니까? 쉬엄쉬엄해야 오래 할 수 있어요."

처음엔 그냥 별 뜻 없이 서로를 격려하는 말인 줄 알았다. 그런데 허허 웃으면서 이어가는 다음 말에는 분명히 뼈가 있었다.

"열심히 하겠다고 누구 한 사람이 막 치고 앞으로 나가면 다른 사람들이 따라가느라 힘들어요. 사람마다 체력이 다르고 생각도 다르잖아요? 다 같이 천천히 맞춰 갑시다."

나중에 알게 된 사실인데, K언니 주도 하에 여자 미화원들이 너무 일을 열심히 하는 바람에 남자 미화원들이 무척 힘들었다고 했다.

무슨 일에서든 뒤처지거나 못하는 사람을 탓하기는 쉬워도, 앞장서서 뛰어나게 잘하는 사람을 보고 뭐라 하기는 힘든 법이다. 우리 여자 미화원들이 힘들지만 K언니가 하자는 대로 따랐던 것도, 더 열심히 해 보자는 사람의 뜻을 거스르기 어려웠기 때문이다. 하지만 남자 미화원의 얘기를 듣고 나서는 생각이 조금 달라졌다. 뒤처지는 사람만큼이나 앞서는 사람도 동료를 힘들게 할 수 있다는 생각이 들었다. 의도가 옳다고 결과가 항상 옳은 것도 아니고, 열심히 하는 게 항상 선한 길도 아닌 것이다. '함께 잘하는 것'에 비하면 '혼자 잘하는 것'이 그나마 쉬운 것 아닐까? 함께 잘 살기 위한 지혜는 결코 단순하지 않다.

4부 가을

일의 본질과 속성과 과정을 속속들이 파악하고 있는
사람은 사용자가 아니라 노동자다.
노동자는 누구나 일을 잘하고 싶은 욕구를 갖고 있으며,
노동자야말로 일을 잘하기 위한 가장 실질적인 방안을 제시할 수 있다.

일과 사람 사이,
바람이 분다

“딱 하라는 대로만 하면 돼요.”

가을이 되자 미화원 언니들은 남자 미화원들을 보면서 혀를 끌끌 찼다.

“살이 쭉 빠졌어. 얼굴이 반쪽이 됐잖아.”

“그러게 말이야. 아무래도 힘들겠지. 안 하던 일을 저렇게 하고 있으니.”

여름 내내 남자 미화원들은 조경 일을 했다. 잔디를 깎고, 나무를 다듬고, 꽃을 심고, 스프링클러를 옮기고, 호스를 이리저리 끌고 다니며 마당 곳곳에 물을 주는 일을 했다. 난 솔직히 그런 일을 하는 남자 미화원들이 부러웠다. 더러운 변기를 닦는 일보다 푸른 풀밭에서 꽃과 나무를 돌보는 일이 훨씬 좋아 보였다. 청소보다 편한 일인 것 같아 불공평하다는 생각도 들었다.

그런데 그들도 나름대로 고충이 심했던 모양이다. 듣기로는 날마다 해야 할 일을 일일이 지시받았다고 한다. 청소하는 미화원들은 각자 구역과 해야 할 일이 정해져 있어 스스로 알아서 일하고 가끔 특별한 일이 있을 때만 지시를 받는다. 그런데 조경은 미화원이 잘 알지 못하는 분야여서 사소한 일까지도 무조건 위에서 시키는 대로 할 수밖에 없었던 것이다. 게다가 각별히 조경에 신경 쓰는 팀장 머릿속에서 날마다 새록새록 쏟아져 나오는 아이디어에 따라 이걸 해라, 저걸 해라, 여기로 옮겨라, 저기를 잘라라 하면서 종잡을 수 없이 일을 시켰다고 했다.

"딱 하라는 대로만 하면 돼요."

언뜻 생각하기에는 시키는 일만 하면 속 편할 것 같지만 막상 해보면 그렇지가 않다. 로봇이 아니라 사람이라서 그렇다. 지금 내가 하고 있는 일이 무엇을 위한 일인지, 다른 일들과는 어떻게 연결되는지, 전체 계획 속에서 어느 지점에 있는지를 알면서 할 때와 아무런 이유도 목적도 모른 채 그냥 할 때, 일하는 사람의 몸과 마음은 달라도 많이 다르다.

묻지도 따지지도 못하고 그저 시키는 일만 하는 건 상당히 괴로운 일이다. 아무리 단순한 일이라도 하다 보면 생각을 하게 마련이다. 막상 하다 보면 이래서는 안 될 것 같을 때도 있고, 숨어 있는 문제를 발견하게 될 때도 있고, 더 나은 방식이 보일 때도 있다. 직접 몸을 써서 하는 사람에게만 보이고 느껴지는 것들이 있다. 그런데 그 느낌과 생각을 하나도 표현하지 못하고 시키는 대로만 해야 하니 오죽 답답하랴.

남자 미화원들은 그 답답함을 견디며 긴 여름을 지냈던 것이다. 열심히 물을 준 덕에 허리까지 훌쩍 자라난 봉숭아 꽃밭을 보아도 뿌듯해하지 않고, 아무리 비료를 줘도 거무죽죽하게 죽어가는 꽃잔디를 보면서도 안타까워하지 않던 그들이 단숨에 이해가 됐다. 어느새 남자 미화원들은 자기 몸이 하는 일에 마음을 주지 않고 생각을 담지 않는 법을 터득했나 보다. 언젠가 같이 모인 자리에서 그 알토란 같은 지혜를 전수해 주었다.

"딱 하라는 대로만 하면 돼요. 이렇게 놓으라고 하면 이렇게 놓으면 돼요. 절대 요렇게 놓을 필요가 없어요."

만일 '이렇게'라는 게 살짝 비뚤어진 거라고 해도 절대 '요렇게' 똑바로 놓아 줄 필요가 없다는 얘기였다. 그들도 처음에는 직접 해 보니 이렇게 하는 것보다 요렇게 하는 게 좋겠다고 생각해서 제안을 해 보았지만 통 받아들여지지 않았다고 했다. 지시하는 사람과 일하는 사람 간에 전혀 소통이 이루어지지 않았던 데에서 느꼈던 좌절감을 그들은 그렇게 표현했다.

이런 속사정도 모르고 그들을 부러워하고 있었다니…….
그렇게 일방적인 지시에 따라 일관성 없이 시키는 일만 해야 했다면, 푸른 풀밭이 아니라 시원한 바닷가였다 해도 난 아마 견디기 어려웠을 것이다.

일의 자유를 허하라

사용자와 노동자 간에 소통이 잘 이뤄지지 않는 건 사용자가 해당 업무에 대해 가장 잘 알고 있는 사람이 노동자라는 사실을 간과하는 탓이 크다. 직접 경험하는 일과 머리로만 생각하는 일은 다르다. 일의 본질과 속성과 과정을 속속들이 파악하고 있는 사람은 사용자가 아니라 노동자다. 노동자는 누구나 일을 잘하고 싶은 욕구를 갖고 있으며, 노동자야말로 일을 잘하기 위한 가장 실질적인 방안을 제시할 수 있다.

하루 종일 비가 왔던 날, 호스로 꽃밭에 물을 주고 있는 남자 미화원들이 보였다.

"세상에, 그러다 뿌리가 다 썩겠네."

우리는 눈살을 찌푸리며 걱정을 하지만, 정작 남자 미화원들은 태연하기만 하다.

치우지 않는 것도 청소

학창 시절, 일 년에 한 번은 교실에서 누군가의 돈이 없어지는 일이 생기곤 했다. 그런 일이 생기면 대놓고 말은 안 해도 꼭 의심받는 아이들이 있었다. 고아원에 사는 아이, 가정 형편이 어려운 아이, 공부 못하는 아이, 혹은 평소에 말썽 잘 피우는 아이……. 물론 편견이다. 그리고 이런 식의 편견은 아직도 남아 있는 듯하다.

아트센터에 공연이 있으면 미화원들은 출연자들이 사용하는 분장실과 대기실, 샤워실, 출연자 식당 곳곳을 각별히 더 신경 써서 청소한다. 각 방마다 휴지통을 비우고, 바닥의 먼지를 쓸어 내고, 여기저기 던져 놓은 쓰레기를 치우고, 거울을 닦고, 분장실마다 딸린 세면대와 변기와 샤워실을 일일이 닦고, 종이 타올도 넉넉히 보충해 놓는다. 식당은 청소를 다 한 후에도 틈틈이 들여다보며 음식물 쓰레기가 있으면 그때그때 치워 퀴퀴한 냄새가 식당 안에 배지 않도록 한다.

일회성 공연이 아니라 일주일이나 혹은 한 달씩 공연이 계속되는 경우, 분장실은 출연자들에게 아주 사적인 공간이 된다. 자질구레한 개인 물품을 죄다 늘어놓는 건 기본이고 속옷과 양말을 벗어 놓기도 한다. 먹다 남은 과자 부스러기, 반쯤 마신 커피, 선물 받은 뒤 방치해서 시들은 꽃다발 등 갖가지 물건들이 날이 갈수록 들어찬다.

이럴 때 난감한 것은 청소할 때 무엇을 버리고 무엇을 버리지 말아야 하는지 알 수가 없다는 것이다. 몇 조각 채 남지 않은 케이크 상자는 버려도 되는 걸까? 바닥에 떨어진 머리끈은? 샤워실에 굴러다니는 빈 샴푸 통은? 어제 받은 게 분명한 뜯지도 않은 샌드위치는 혹시 오늘 먹으려고 놔둔 걸까, 버리려는 걸까? 당최 알 수 없는 것투성이다.

이런 경우 내 나름대로 판단해서 섣불리 치웠다가는 봉변을 당한다. 한 미화원 언니가 공연이 끝난 뒤 식당을 청소하다가 단체로 주문한 도시락이 남은 것을 보고 버리기 아까우니 나누어 먹자고 가져온 적이 있었다. 다행히 경비실에 가져다 놓기만 하고 손을 대지는 않았는데, 만약 덜컥 먹었더라면 큰일 날 뻔했다. 공연자 측에서 따로 남겨 놓은 특별 도시락이 없어졌다면서 찾고 난리가 난 것이다. 소식을 듣고 바로 돌려주긴 했지만 마음이 무척 찜찜했다. 도시락이 탐나서 가져온 게 아니라 멀쩡한 음식이 버려지는 게 아까워서 가져온 것뿐인데도, 사람들이 오해할 것을 생각하니 속상했다.

한번은 이름표 하나 버렸다가 이미 적재소에 내다 버린 쓰레기봉투까지 다 열어서 뒤진 적도 있다. 목에 거는 일회용 이름표였는데, 한 팀의 공연이 완전히 끝난 뒤에 청소하다 본 것이라서 고민도 없이 버렸다. 그런데 그 이름표가 다음 팀 공연에도 써야 하는 중요한 거였다니, 정말 의외였다.

본 적도 없고, 건드린 적도 없습니다!

그래서 공연 중에 분장실 청소할 때는 실핀 하나, 코 푼 휴지 하나도 건드리지 말자는 게 철칙이 되었다. 묻거나 흘린 것은 닦아도, 쓰레기처럼 보이는 그 어떤 물건도 버리면 안 되는 것이다. 버리지 않으려면 노력이 필요하다. 왜냐하면 자꾸만 버리고 싶기 때문이다. 청소를 했으면 깔끔해진 공간을 보고 싶은 게 사람 마음인데, 최대한 건드리지 않고 청소를 하면 다 하고 나서도 너저분한 꼴이니 기분이 찜찜한 것이다. 그러니 싹 다 치워 버리고 싶은 마음을 참기 위해 노력해야 한다.

그럼에도 불구하고 비싼 보온병이 없어졌다느니 보자기

에 싸 놓은 박스를 못 봤냐느니 하면서 뭐만 없어지면 미화 사무실로 전화가 온다. 우린 본 적 없다, 건드린 적 없다고 대답은 하지만 왠지 잘못을 추궁당하는 것 같아 기분이 영 개운치 않다. 분장실을 청소한 우리에게 확인 차 묻는 그쪽 입장도 이해는 가지만 기분이 나쁜 건 어쩔 수 없다. 분장실에 들어간 사람이 꼭 미화원만 있는 건 아닐 텐데 말이다. 적어도 그런 걸 물어볼 땐 미안한 척이라도 하면 좋겠다.

넓은 오지랖으로 감싸고 싶은 건

"그동안 잘 지냈어?"라고 일상적인 인사를 건네면 열에 아홉은 긴 한숨과 함께 "못 지냈어."라고 대답하는 친구가 있다. 연극하는 친구인데 못 본 사이 무슨 안 좋은 일이라도 생겼나 싶어서 물어보면 그가 잘 지내지 못한 이유는 제대로 돌아가지 않는 연극판과 부패한 예술계 그리고 어제오늘

얘기도 아닌 우리 사회의 고질적인 병폐 때문이다. 그의 신상엔 별다른 일이 없다.

"난 또 뭐라고……."

물론 나도 세상 돌아가는 일에 대해 걱정을 하고 우리 사회의 이런저런 문제들로 속상하기도 하지만 그렇다고 그것 때문에 잘 지내지 못할 정도는 아니어서, 친구가 유독 오지랖이 넓은 건가 싶기도 하다.

오지랖 넓은 걸로 치자면 같이 일하는 미화원 언니들을 빼놓을 수 없다. 언니들은 친해지자마자 자신들의 가족사를 세세하게 공개하고, 그때부턴 마치 한 가족이라도 된 듯 서로가 서로를 챙겼다.

"그래, ○○ 씨 형님은 이제 가게 다시 하시는 거야? 무릎 수술한 건 잘 됐나?"

"어제 시어머님은 치과 다녀오셔서 뭐래?"

"거기 아저씨는 집에만 있지 말고 뭐라도 좀 하셔야 될 텐데……."

"사돈 양반 그 일은 아직도 해결 안 난 거야?"

"며느리는 다리 다 나았으니까 이제 집에 보내야겠네."

"손주 어린이집은 옮겼어?"

아무리 매일 만나는 사이라도 친구가 아닌 직장 동료인데 저렇게까지 서로의 사생활을 열어 보일 수가 있을까 싶었다. 언니들의 입방아에 오르는 사람들은 가족을 넘어서 친척, 조카, 사돈, 친구, 그리고 친구의 친구를 망라한다. 너무 심각하게 누군가를 걱정하고 있어서 그 사람이 누구인지 물어보면 언니들 중 누구도 알지 못하고 아무 상관도 없는 '아는 사람의 아는 사람' 얘기다.

끝나지 않는 수다

이런 식의 대화는 미화반 생활의 절반 이상을 차지한다. 미화원의 일과 중 쉬는 시간은 상당하다. 쉬는 시간에는 '미화사무실'이라는 작은 방에 옹기종기 모여 있는데, 이렇게 모여 앉으면 이야기판이 펼쳐질 수밖에 없다. 날마다 몇 시간씩 이런 이야기를 듣고 있노라면 다양한 주제를 망라한 수다 속에서 언니들의 마음속 자기장이 어렴풋한 모양새를 드러내는 게 보였다. 그럴 때면 나는 언니들의 진짜 욕망과 결핍이 무엇인지 궁금해지곤 했다.

아트센터와 이곳에서 일하는 사람들에 대한 관심은 언니들 수다의 단골 주제다. 자기가 몸담은 직장과 직장 동료들은 누구에게나 관심사겠지만 언니들은 가끔 최고 경영자 수준으로 관심의 범위를 넓힌다.

다달이 예정된 공연 스케줄을 하나하나 들여다보면서 이렇게 공연이 없어서야 어떻게 유지가 되겠냐며 아트센터 전체의 경영을 걱정한다. 걱정만 하는 데서 그치지 않는다. 무엇이 문제인지 분석도 한다. 팀장급들이 공연을 많이 '물어와야' 되는데 그럴 인맥과 능력이 없어서라는 게 언니들의 결론이다.

그날그날의 관객 수가 많고 적음에 따라 공연 팀의 티켓 수입이나 배우들의 컨디션도 걱정한다. 관객이 적게 온 날은 출연하는 배우들이 얼마나 기운 빠지겠냐며 걱정하고, 때마침 배우들이 모여서 컵라면 먹는 모습이라도 보게 되면 출연료가 적어서 밥도 제대로 못 먹는 건가 하며 애처로워한다.

남자 주무관이 여자 팀장 밑에서 일하기가 얼마나 힘들겠냐고 걱정해 주고, 팀장은 처음 볼 때보다 살이 많이 빠졌다면서 스트레스가 심한 것 같다고 측은해 한다. 공무원 승진 시험을 봐서 아트센터 관장이 된 분을 두고는 그동안 일하랴 시험 준비하랴 얼마나 고생이 많았겠냐며 대견해 한다.

정말로 누가 누구를 걱정해 줘야 한다면, 그 사람들이 우리 청소노동자를 걱정해 줘야 할 판인데, 언니들은 관계가 가깝거나 멀거나 상관없이 지위 고하를 막론하고 두루두루 걱정해 준다.

텔레비전에 나오는 연예인들과 방송인들도 언니들이 챙겨 줘야 할 사람들이다. 최측근이 아닐까 싶을 정도로 그들의 가정사와 주변 이야기, 비화까지 줄줄이 꿰고 있다. 누군가를 칭찬할 때는 대견해서 어쩔 줄 모르고, 누군가를 비난할 땐 미워 죽는다. 안 풀리는 사람을 걱정할 땐 매니저가 따로 없고, 잘 된 사람을 축하할 땐 자신이 그 성공을 위해 뭔가 힘을 보탠 것처럼 자랑스러워 못 견딘다.

누구랑 누구는 너무나 잘 어울리는데 어떻게 결혼시킬

방법이 없을까 궁리하며 애가 타고, 누구랑 누구는 헤어지길 잘했다며 서로가 만나야 할 타입을 한 치의 흔들림도 없는 믿음으로 정해 준다.

이유 있는 언니들의 오지랖

남의 일에 그토록 마음을 쏟고 걱정하는 언니들이 나는 의아했다. 누구나 여럿이 모이면 남의 얘기를 입에 올리곤 하지만, 다른 사람을 향한 언니들의 관심은 좀 특별하다.

일단 매우 따뜻하다. 남이 아니라 한 가족인 것처럼 온 마음을 쏟아 걱정하고 염려한다. 그리고 확신에 차 있다. 하나의 사안에 대해 물음표나 열린 결말로 끝내는 법은 없다. 언제나 나름대로 분명한 결론을 도출하고 뚜렷한 확신으로 끝을 맺는다. 그렇게 이야기를 마무리해야 언니들은 만족한다.

이런 생각을 해 본다. 혹시 언니들 마음속에 깊이 가라앉아 오랫동안 꺼내지 못한 욕망이 그 오지랖의 원천은 아닐까? 힘겹고 고된 삶은 우리 내면의 껍질을 단단하게 만든다. 언니들 또한 험한 세상을 버티기 위해 수없이 이를 악물고 여린 마음에 단단한 껍질을 씌우다 보니 자신의 진짜 내면은 갇혀 버렸고, 그 내면의 맥박이 '나 좀 내보내 줘, 나 좀 꺼내 줘!' 하고 아우성치다가 자꾸 엉뚱한 관심사만 열리게 만드는 건 아닐까? 타인에 대한 언니들의 지나칠 정도로 따뜻한 관심은 정작 언니들 자신이 받고 싶은 관심이고, 남의 문제에 대한 확실한 결론은 스스로를 향한 확신의 대리만족은 아닐까? 언니들의 오지랖이 끝없이 흐르고 흐르다가 언젠가는 자신의 가장 깊은 내면을 향해서도 그 물꼬를 트게 되기를 바라 본다.

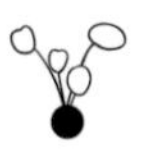

쓰레기통에서 우주를 볼 수 있다면

아트센터에서 어린이 뮤지컬 공연이 있을 때는 많은 부모들이 자녀와 함께 이곳을 찾는다. 그리고 그들이 빠져나간 자리에는 어김없이 엄청난 양의 쓰레기가 남는다. 이런 날 쓰레기통을 비울 때면 나는 마음을 졸이며 손놀림과 발걸음을 재촉한다. 마구 뒤섞인 쓰레기 속에서 재활용품을 하나라도 더 골라내기 위해서다.

원래 여자 미화원은 쓰레기를 봉투째 수거해서 그대로 적재소에 갖다 두기만 하면 되고, 그 후 비닐 봉투 안을 헤집어 재활용품을 골라내고 분류하는 건 남자 미화원의 일로 역할 분담이 되어 있다. 하지만 더러운 오물과 마구 뒤섞여 산더미같이 쌓인 쓰레기 속에서 재활용품을 골라내는 건 사실상 불가능한 일이다. 게다가 적재소에서 각종 용기 안에 남은 음료나 음식 찌꺼기를 씻어 내는 건 더 어려운 일이다.

그래서 나는 내 눈에 보이는 재활용 쓰레기는 최대한 그때그때 따로 골라낸 다음 몰래 탕비실에서 씻어서 종류대로 챙겨 둔다. 이렇게 하는 걸 다른 미화원 언니들에게 들키면 괜한 일거리를 만들어 낸다고 싫은 소리를 듣기 때문이다. 윗사람이 보면 자기들한테도 그렇게 하라고 할 테니 반길 리 없다. 그러니 비밀공작이라도 하는 것처럼 손놀림은 빨라지고 가슴은 두근거리는 것이다.

'쓰레기 분리수거'와 '상상력'과의 관계

일회용 컵과 캐리어, 페트병과 캔을 비우고 누르고 접어서 차곡차곡 모으면 전체 쓰레기양의 반은 족히 줄어든다. 그렇게 정리된 쓰레기를 적재소 분류함에 넣을 때마다 내가 생각하는 건 환경에 대한 진지한 고민이나 양심 같은 것이 아니다. '상상력'이다.

이렇게 엄청난 쓰레기가 함부로 버려지는 건 사람들의 상상력이 부족하기 때문이 아닐까 싶다. '상상력'은 '창의성'과 함께 현대인의 미덕 혹은 경쟁력으로 손꼽힌다. 그런데 오늘날 이 개념은 불완전하게 이해되고 있는 것 같다.

많은 부모들은 자녀들에게 어렸을 때부터 상상력과 창의성을 길러 줘야 한다고 믿는다. 두뇌와 감성 발달에 좋다는 놀잇감, 교재, 학습지 등을 사 주고, 다양한 경험을 할 수 있게 휴일마다 전시회나 공연장 등 이곳저곳을 찾아다닌다. 아이가 엉뚱하고 기발한 모습을 보이면 창의적이라며 흐뭇해 한다. 남들과 다른 독특한 나만의 생각이나 방식을 갖는 능력, 혹은 기존에 없던 것을 생각해 내는 능력을 상상력이라고 여기는 것이다.

그런데 상상력은 왜 중요할까? 무엇을 위해 필요한 걸까? 모르긴 몰라도 사람들 대부분은 '더 나은 세상을 만들기 위해서'라고 대답할 것 같다. 어떤 세상이 더 나은 세상인지에 대해서는 저마다 생각이 다르겠지만, 상상력이 더 나은 세상을 위해서 쓰여야 한다는 당위에는 큰 이견이 없을 것 같다. 그리고 저마다 꿈꾸는 '더 나은 세상'의 비전 속에 소외되고 단절된 인간의 모습을 그리지는 않을 것이다. 사람과 사람, 자연과 인간이 소통하고 어우러져 함께 사는 모습을 그리지 않을까?

'관계'를 상상하다

그렇기에 우리에게 필요한 상상력은 '관계'에 대한 상상력이라고 할 수 있다. 물론 상상력을 통해 나만의 튀는 개성과 고유한 사고방식을 뽐내는 것도 즐거운 일이다. 하지만 상상력이 개인이라는 한 '점'에서 확장되어 다른 생명체를 향한 '선'이 되고 그 선들이 새로운 방향으로 뻗어 나가면서 예기치 못한 에너지를 만들어 낸다면 얼마나 아름다울까?

상상력과 창의성으로 인정받은 작품들을 보면 '관계'에 집중한다는 걸 알 수 있다. 마르셀 뒤샹, 르네 마그리트, 존 케이지 같은 독창적인 예술가들은 모두 창작자와 관객이 쌍방향으로 상호 작용하는 관계와 그 관계에서 생성되는 의미를 작품의 주제로 삼았다. 정말 위대한 디자인은 기존에 없던 독특한 형태를 창작하겠다는 열정에서 나오지 않는다. 사용자와 제품의 관계, 제품과 다른 제품과의 관계, 제품과 환경의 관계를 깊이 고민한 끝에 탄생된다.

사랑으로 상상하다

성경은 '해 아래 새것은 없나니 하나도 없다'고 말한다. 우리의 상상력이 '없는 것을 꿈꾸는' 쪽보다 '있지만 보이지 않는 것들을 서로 연결'시키는 쪽을 향해야 한다는 뜻이 아닐까? 우리가 무에서 유를 만들었다고 착각하는 것도 알고 보면 새로운 관계의 창조일 뿐이다. 없는 것을 꿈꾸는 상상력으로는 교만해지기 쉽지만, 보이지 않는 것들을 연결시키는 상상력은 우리를 저절로 겸손하게 만든다. 나와 상관없다고 생각했던 세계, 가 보지 못한 멀고 먼 세계, 인간의 감각으로 인지할 수 없는 세계를 내 삶 속으로 불러들이면 내 존재는 작아지기 때문이다. 상상의 나래를 펴고 미지의 세계로 가기 위해 나는 작고 가벼운 하나의 분자가 되어야 한다. 그러면 세상에서 나와 단절된 것은 하나도 없다는 깨달음, 모든 생명과 물질은 궁극적으로 서로 연결되어 있다는 신비와 만나게 된다.

이런 상상력이 없다면 내 세계는 좁아진다. 당장 내 눈에 보이는 범위만 중요하기 때문이다. 내 몸, 내 가방 속, 내 공간 밖을 상상할 수 없기 때문에 쓰레기를 함부로 버려도 아무렇지 않다. 내가 일회용 플라스틱 컵으로 음료수를 사서 마시다가 남기고 버리는 행동이 이 세상에 어떤 결과를 가져오는지를 상상하지 못한다. 물 한 모금을 마시기 위해 종이컵을 쓰고 다른 쓰레기들 속에 던져 버리는 것이 인류에게 어떤 해를 끼치는지, 자연을 어떻게 파괴하는지 상상하지 못한다. 상상력이 없는 사람은 나의 편리, 그것 외에는 어떤 것도 중요하지 않게 된다.

누군가는 '그건 상상력 부족이 아니라 그냥 이기심이에요'라고 이야기할지도 모른다. 그렇다. 이기적인 것이다. 하지만 그게 그거다. 왜냐하면 상상력은 결국 사랑이기 때문이다. 상상력은 깊은 관찰에서 나오고, 관찰은 남다른 관심에서 행해지며, 남다른 관심은 사랑에서 생겨나니 말이다. 상상력을 만드는 원천은 비싼 교재, 유명한 전시나 공연, 신기한 체험이 아니라 바로 사랑이다.

'상상하는 삶' vs '상상의 혜택을 누리는 삶'

사랑하면 보이지 않던 것이 보인다. 남들 눈에 안 보이는 것도 사랑하는 사람의 눈에는 보인다. 기발한 아이디어와 발명도 대부분 사랑 때문에 생겨난 것이다. 불편을 해결해 주고 싶어서, 안전하게 보호하고 싶어서, 기쁨을 주고 싶어서, 마음을 쓰고 연구할 때 상상력은 가지를 뻗고 창의는 꽃을 피우게 된다.

그런데 아이러니하게도 상상하는 삶과 상상의 혜택을 누리는 삶의 모습은 정반대이다. 상상하는 삶은 굉장히 귀찮고 복잡한 일들로 가득하다. 반면 상상력의 결과를 누리는 삶은 대단히 편리하고 단순하다. 누군가의 상상력이 만들어 낸 복잡한 기술 문명 덕분에 우리의 삶이 정말 단순해지고 편리해진 걸 보면 알 수 있다.

이런 이유로 누구나 상상력을 예찬하고 상상력의 결과물은 반기면서도 나 자신이 '상상하는 자'로 살고자 하지는 않는다. 상상력이 풍부하면 마음이 편치 않다. 세상 모든 것이 신경 쓰인다. 나의 이웃, 우리 사회, 나라 전체, 지구 반대편의 사람들, 북극곰과 사막여우, 고래와 바다거북, 내가 죽고 난 다음 세상, 심지어는 우주 쓰레기까지 모두 내 삶 속으로 들어오게 된다.

바다에 형성된 거대한 쓰레기 섬이나 인간이 버린 플라스틱 때문에 죽은 가엾은 동물의 영상이나 사진은 누구나 한 번쯤 보았을 것이다. 쓰레기 문제가 심각하다는 건 모두가 알고 있다. 알고는 있지만 나의 삶과 연결시키지는 못한다. 지식은 있으나 상상력은 없는 것이다.

사랑을 강요할 수 없듯이 상상력도 강요할 수는 없다. 하지만 내가 쉽게 버린 플라스틱이 미세한 알갱이가 되어 바다 생물들에게 먹히고 그것이 여러 단계의 먹이사슬을 거쳐 내 식탁에 놓인 음식이 되어 내 입으로, 내 소중한 자녀의 입으로 들어온다는 명백한 사실조차 상상할 수 없다면, 가공할 재난 영화를 만드는 상상력 따위는 더 이상 필요하지 않게 될 것이다.

이 공간만큼은 양보 못 해!

청소노동자의 휴식 시간은 상당히 긴 편이다. 하루 근무 시간 아홉 시간 중에서 실제로 일을 하는 시간은 오전 오후를 합쳐서 네 시간 정도다. 건물이든 아파트든 고용된 청소노동자들의 근무 시간은 대부분 이 정도다. 휴식 시간에 우리가 모여서 쉬는 공간의 공식 명칭은 '미화 사무실'이다. 솔직히 사무실다운 면모는 거의 없다. 라커, 캐비닛, 작은 냉장고, 텔레비전 등이 놓여 있고, 성인 세 명 정도 함께 누우면 꽉 차는 좁은 공간이다.

공적인 듯 공적 아닌 공적인 공간

재밌게도 이 좁은 공간에서도 사람마다 앉는 자리가 정해져 있다. 누군가 늘 앉던 자리 말고 다른 자리에 앉았다고 해서 왜 남의 자리에 앉느냐고 따질 순 없겠지만, 애초에 그럴 일이 없게끔 모두 알아서 자기 자리에 앉는다. 성격이 제일 순한 언니는 신발 벗는 곳에서 가장 가까운 방 끝에 앉고, 목소리가 크고 기가 제일 센 언니는 방 한가운데 앉는다. 나는 텔레비전 옆에 나란히 앉는다. 그곳에 앉으면 텔레비전을 볼 수 없기 때문에 나 말고는 아무도 원하지 않는 자리다.

이곳에서 우리들은 훌렁훌렁 옷을 갈아입고, 밥을 지어 먹으며, 커피도 마신다. 또 다 같이 누워서 낮잠도 잔다. 이것만 보면 이 작은 방은 굉장히 사적인 공간으로 보인다. 하지만 동시에 공적인 공간이기도 하다. 누구나 미화반에 용건이 있으면 이곳에 들어올 수 있다. 노크 소리가 들리면 비스듬히 누워 있던 사람은 벌떡 일어나 앉고, 머리를 풀어헤치고 있던 사람은 황급히 머리를 묶는다.

한번은 내가 이 방 벽에 걸어 놓을 정리대를 산 적이 있다. 언니들은 주로 라커에 기대어 앉아 텔레비전을 보는데, 라커에서 물건을 꺼낼 때마다 언니들에게 "잠깐만요, 죄송해요." 하면서 번번이 비켜 달라고 부탁하기가 난감했다. 그래서 아예 아무도 기대지 않는 쪽 벽에 정리대를 걸어 놓고 자주 쓰는 물건들을 넣어 놓으면 편하겠다 싶었다. 물론 나만 사용하려던 건 아니고, 필요한 사람은 얼마든지 같이 쓰자고 했다. 하지만 언니들은 허락하지 않았다. 공적인 공간인데 개인 물건을 함부로 갖다 걸면 안 된다고 했다.

언니들의 이유 있는 깡다구

그런데 이 공적인 공간에서 언니들은 정말이지 크게 웃고 떠든다. 몇몇 언니들의 목소리는 멀리 떨어진 복도 끝에서도 들릴 정도로 컸다. 다 같이 박장대소를 할 때는 지하 로비까지 울렸다. 소장이 여자 미화원들에게 방에서 좀 조용히 해 달라고 주의를 줬지만, 언니들은 아랑곳하지 않았다. 목소리를 낮추려는 노력은 전혀 없이 여전히 깔깔대며 크게 웃었다.

"웃으면 좋지 웃는 걸 갖고 왜 뭐라고 해? 별꼴이야. 큰 소리로 웃는 게 아줌마의 특권인 걸 모르나?"

어떨 땐 너무 고분고분하다 싶은 언니들인데 이럴 땐 또 엄청 깡다구가 세다.

한번은 이런 일도 있었다. 새로 고용된 남자 미화원 중 나이가 제일 많은 분이 반장이 되었는데, 이분이 반장 자격을 내세워 이 방에 수시로 드나들었다. 게다가 한 번 들어오면 방 끝에 걸터앉아 나갈 생각을 하지 않았다. 용건을 마치고도 사적인 얘기를 늘어놓으며 어떻게든 앉아 있을 구실을 찾았다. 은근히 눈치도 주고 옷을 갈아입어야 하니 나가 달라고 꽤 직접적으로 표현하기도 했지만 얼마 지나지 않아 또 다른 핑계를 만들어 들어왔다. 언니들은 이 문제를 윗선에 보고했고, 그 반장은 한 달도 채 되지 않아 해고되고 말았다.

평소엔 눈치도 많이 보고 윗선의 지시도 잘 따르는 언니들이 왜 유독 이 방에 대해서는 자기 주장이 확실할까? 어쩌면 이 방이 자기 권리를 주장할 수 있는 유일한 공간이기 때문은 아닐까? 언니들의 분명한 주장과 이유 있는 깡다구를 이 방 말고 다른 곳에서도 볼 수 있으면 좋겠다.

안 아픈 게 진리

몸으로 일해서 먹고 사는 노동자는 건강해야 한다. 만일 아프면? 정답은 '아파도 아프지 말아야 한다'이다. 뇌도 그걸 알고 있는 듯하다. 나부터도 그렇지만 같이 일하는 미화원 언니들도 아파서 일을 못 나온 적은 한 번도 없다. 며느리가 아파 손주들 돌보느라고 근무일을 바꾼 경우는 있어도 자기 몸이 아프다고 결근을 하거나 하다못해 근무 시간을 바꾼 경우는 단 한 번도 없었다.

한 번도 아프지 않을 리가

그렇다고 정말로 한 번도 아프지 않았을까? 아니다. 감기도 오고 몸살도 온다. 허리도 아프고 어깨도 결리며, 두통으로 괴롭기도 하다. 무릎 수술을 해서 다리가 불편한 언니, 옻이 올라서 심한 발진이 생긴 언니도 있었다. 나는 청소일을 시작한 이후로 오른쪽 팔꿈치와 손가락이 늘 아팠다. 뼛속 깊이 느껴지는 아릿한 통증이어서 뜨거운 걸로 지지면 좀 나았다. 작은 전기방석으로 손과 팔꿈치를 번갈아 감싸고 있으려니까 언니들이 한마디씩 거들었다.

"원래 청소일 하면 처음에 다 거기가 아파. 나도 그랬어."

"그래 갖고 해결되니? 병원 가 봐."

"그럼! 주사 한 방만 맞으면 돼. 싹 나아."

나는 웬만해선 병원을 가지 않는다. 약도 거의 안 먹는다. 내 몸이 스스로 이겨 낼 기회를 주고 그걸 돕는 게 중요하다고 생각하는 편이다. 흔한 감기만 해도 그렇다. 병원에서 처방해 주는 약을 먹으면 증상은 없어지지만 사실 감기가 치료되는 건 아니다. 증상이란 내 몸이 병균과 싸우고 있는 과정이기 때문에 그 증상을 없애면 오히려 낫는 걸 방해하는 셈이다. 콧물이 줄줄 흘러서 불편하다고 콧물 없애는 약을 먹거나 가래가 자꾸 생겨서 가래 없애는 약을 먹으면 내 몸의 면역 반응을 훼방하는 꼴이 된다. 물론 열이 너무 심하게 오르거나 기침이 지나치게 심해서 몸이 견디지 못할 경우, 또는 워낙 몸이 약한 노약자라면 얘기가 다르지만, 단순히 감기 증상이 있다고 해서 곧바로 약을 복용하면 면역력은 오히려 점차 약해진다.

주변에 감기 걸려서 약 먹겠다는 사람이 있으면 나는 언제나 이렇게 조목조목 논리적으로 설명한다. 하지만 언니들 앞에서는 한마디도 하지 않았다. 언니들한테 올바른 정보를 알려 주고 싶지 않아서가 아니다. 아프면 일을 못하니 일단 아프지 말아야 하는 사람들에게 내가 하는 이야기가 사치라는 걸 알기 때문이다. 아프면 주사 맞고 약 먹기, 언니들에게는 이게 유일한 진리이다.

"스테로이드가 아니라 마약이면 어때?"

언니들에게는 '낫는' 것보다 '아프지 않게' 사는 게 무엇보다 우선이고 중요하다. '건강'이 문제가 아니라 '통증'이 문제다.

오십만 넘어가도 여럿이 모이면 아프다는 얘기가 끊이질 않는데, 육십 넘은 언니들은 오죽할까? 모여서 수다를 떨 때면, 내가 아는 누구는 걷지도 못했는데 수술받고 이젠 등산도 한다더라, 누구는 너무 아파서 고생하다가 주사 한 방 맞고 싹 다 나았더라 같은 식의 얘기들이 줄을 잇는다. 언젠가 한번은 가만히 듣고 있다가 조심스럽게 끼어들었다.

"그게 무슨 주사래요? 아무 주사나 맞으면 위험하다던데……."

"위험한 거 아냐. 관절 주사야, 관절 주사."

주사라고 하면 무조건 신봉하는 언니들이 걱정되어 한마디 덧붙였다.

"그거 혹시 스테로이드는 아니에요? 스테로이드는 함부로 맞으면 안 되는데……."

"스테로이드 아니라 마약이면 어때? 안 아프면 그만이지. 안 아픈 게 최고야."

"그럼! 안 아프면 돼. 그럼 된 거야."

나는 거기서 그냥 입을 다물 수밖에 없었다. 내 이야기는 오늘의 가난을 해결하느라 미래를 준비하지 못하는 사람에게 미래를 준비하라고 하는 것과 다름없었다. 위험해도 좋고 나쁜 거라도 좋으니 안 아프기만 하면 된다는 그 말에 왠지 숙연해졌다. 얼마나 통증이 고통스러웠으면, 그 통증을 참고 일할 수밖에 없었던 시간들이 얼마나 괴로웠으면 저렇게 이야기할까 싶었다. 죽기보다 싫은 게 아픈 거라고, 언니들은 그렇게 말했다.

감기 기운이 있다던 언니는 약을 먹자마자 나았다며 일어나고, 허리가 아프다던 언니는 병원을 다녀오자마자 괜찮아졌다며 다시 일하러 나섰다. 언니들은 놀면 뭐하냐고, 벌 수 있을 때 부지런히 벌어야 한다고 말하며 도무지 자기 몸이 꾀부릴 틈을 주지 않는다. 부디 이 씩씩한 언니들이 오래오래 건강하기를 바란다.

책을 닫으며

좋아요 2,000개가 남긴 것들

2019년 5월 11일, 오마이뉴스에 내 청소 노동의 경험을 기록한 첫 기사를 올렸을 때 많은 사람들이 칭찬과 격려를 보내 주었다. 첫 기사에는 좋아요 2,000개가 달렸고, 오마이뉴스 측에서 잭팟이라고 할 정도로 유료 원고료도 들어왔다. 정말 큰 힘이 되었다. 당시 나는 구직에 성공해서 기쁘면서도 내심 불안한 상태였다. 내 재능이 발휘되지도 않는 일에 안주해 내 삶이 후퇴하는 건 아닐까 하는 의심이 남아 있었기 때문인데, 일면식도 없는 분들의 응원 댓글은 내 선택에 대한 확신을 갖게 해 주었다. 그런데 시간이 흐르고 다시 생각해 보니 내가 왜 칭찬을 받았는지 이유를 알 수 없었다. 나는 왜 격려받은 거지? 나의 어떤 행동을 응원한다는 거지? 생각할수록 모호해졌다.

사람들은 고학력자가 청소 같은 육체노동을 한다는 것을 좋게 생각했다. 체면 차리지 않고, 가식 떨지 않으며, 일의 귀천을 가리지 않는 열린 태도를 가졌다고 생각하는 듯했다. 하지만 꼭 그렇지는 않다. 여러 번 고백했듯이 나는 돈을 벌려고 청소일을 시작했다. 월급이 적었다면 하지 않았을 것이다. 그저 조건이 좋아서 한 일이다. 그전까지 하고 있던 일, 즉 마을 교사나 자유학

기제 교사의 강사료가 충분했다면 청소 노동은 하지 않았을 것이다. 오마이뉴스에 쓴 기사에도 순전히 돈을 목적으로 선택한 일이었음을 숨기지 않았는데 사람들은 왜 나를 응원했을까?

단골 미장원에 가서 미화원으로 일하게 되었다고 하니, 원장님이 말했다. "낮아지는 기회로 삼으세요." 혹시 다른 사람들도 비슷한 생각을 했을까? 내가 자발적으로 낮아졌다고 나를 격려하고 응원한 걸까? 그건 오해다.

나는 낮아지고 싶지도 않았고 낮출 필요도 못 느꼈다. 실제로 나는 내 마음을 조금도 낮추지 않았다. 누구보다 청소를 잘한다는 자부심은 하늘을 찔렀고, 뭐든 대충 지나치지 못하는 프로불편러의 까칠함도 꼿꼿이 세우고 있었다. 다만 몸은 저절로 낮추게 되었다. 구석구석에 있는 먼지를 쓸어 내려면 몸을 낮춰야 했고, 변기를 닦으려면 무릎을 꿇어야 했다.

같이 일하는 사람들 앞에서 나를 낮춘 적도 없다. 똑같은 처지에 있는 똑같은 사람인데 누굴 높이고 누굴 낮춘단 말인가. 부당한 요구를 하는 동료에게 본때를 보여 준 적은 있다. 청소노동자라고 다 선하지 않다. 당연하지 않은가. 여러 사람이 모이면 다정하고 너그러운 사람도 있지만 아무리 해도 품을 수 없는 사람도 있다. 그런 사람 앞에서는 절대 내 자신을 낮추지 않고 당당하게 맞서 싸웠다.

노동이 신성하다는 생각으로 청소일을 선택한 것도 아니다. 온 열정을 쏟아부어도 보람을 느낄 수 없는 일, 전전긍긍하면서 머리를 굴리고 남을 설득해야 하는 일에 진절머리가 나서 단순한 육체노동을 선택했을 뿐이다.

게다가 나는 노동이 신성하다고 생각하지 않는다. 노동이 신성하다는 믿음은 노동을 착취하려는 권력에 의해 생겨났다고 생각한다. 이는 노동의 역사 속에서 노동자가 존중받지 못하고 합당한 대우를 받지 못했기 때문에 생겨난 보상 심리에 의한 착각일 수도 있다. 그다지 필요하지도 않은 플라스틱 잡동사니를 제조하는 노동, 매일 수억 개의 일회용품을 생산하는 노동, 유혹적이지만 건강에는 해로운 식품을 만드는 노동에 가치를 부여하는 게 과연 옳은 일일까?

노동은 다만 필요한 것이고, '필요'란 적으면 적을수록 좋다고 생각한다. 더럽히지 않고 깨끗이 써서 청소할 필요가 없는 것,

범죄가 사라져 경찰이 나설 필요가 없는 것, 전쟁이 사라져서 무기를 만들 필요가 없는 것이 바람직하다고 생각한다.

하지만 현실은 정반대다. 일이 없어지면 모두 일자리를 잃고 돈을 벌지 못하게 되니 일부러라도 일을 만들어 낸다. 그러다 보니 꼭 필요한 일인지 아닌지, 그 일이 선한 결과를 만들어 내는지 아닌지 따지지 않고 무조건 일을 많이 만들게 되었다.

겸손한 마음에서도 아니고, 노동에 대한 존중에서도 아니라면, 나는 정말 어떻게 청소일을 하게 된 것일까? 미화원 채용 공고를 보게 된 우연이 어떻게 나의 필연이 되었을까?

이것 하나는 자신 있게 말할 수 있다. 나에겐 새로운 세계에 대한 두려움이 별로 없다. 새로운 세계에 들어가 내가 '어떻게 적응할까?'를 걱정하기보다는, 새로운 세계가 나를 '어떻게 이끌어 줄 것인가?'를 기대한다. 어떤 자극과 충격으로 내 안의 잠재된 영역을 깨우고, 내 사고의 지평을 넓혀 줄 것인지에 대한 호기심과 기대로 설렌다. 청소일은 그동안 내가 해 온 일의 성격과 정반대의 일이어서 더욱 기대가 컸다.

실제로 일 년 동안 쓸고 닦는 새로운 일에 매진하고 낯선 사람들과 엮이는 경험을 하면서 내면의 힘이 강해졌다. '이것 때문에 이런 교훈을 얻어 이렇게 변화되었다'라고 공식화할 수는 없지만 자신감이 커졌고, 마음의 폭이 넓어졌으며, 세상을 균형 있게 바라보고 걷는 법을 배웠다.

한편, 본업인 창작 활동과 요가를 잠시 중단하면서 나에겐 오히려 새로운 에너지가 축적되었다. 이런 비유가 적절할지 모르겠지만, 사랑하는 사람들이 한동안 떨어져 지내 보면 새로운 열정과 신선한 활력이 생기기도 하는 것과 같은 이치랄까?

청소노동자의 생활이 기대했던 대로 심플라이프는 아니었지만, 때로 우연한 만남이 인생의 결정적인 길을 열어 주듯, 기대를 배신한 전개는 인생의 풍경을 다채롭게 만들어 주었다.

무엇보다 여행 경비로 쓰고자 한 돈의 일부를 모을 수 있어서 좋았다. 코로나19 팬데믹 때문에 여행은 가지 못했지만 발이 묶인 덕에 더 좋은 일들이 생겼다. 새로운 도전은 내가 그 존재조차 알지 못했던 새로운 지평을 열어 주었다. 어쩌면 일 년 동안의 청소일이 나에게 마법 빗자루를 하나 선물한 건지도 모르겠다.

딱 일 년만 청소하겠습니다
오십이 되면 다르게 살고 싶어서

초판 1쇄 인쇄 2020년 9월 8일
초판 1쇄 발행 2020년 9월 18일

지은이 최성연
펴낸이 연준혁

편집 1본부 본부장 배민수
편집 5부서 부서장 김문주
편집 김민정
디자인 최수정

펴낸곳 ㈜위즈덤하우스 **출판등록** 2000년 5월 23일 제13-1071호
주소 경기도 고양시 일산동구 정발산로 43-20 센트럴프라자 6층
전화 031)936-4000 **팩스** 031)903-3893 **홈페이지** www.wisdomhouse.co.kr

ISBN 979-11-91119-00-8 03810

이 도서의 국립중앙도서관 출판예정도서목록(CIP)은 서지정보유통지원시스템 홈페이지(http://seoji.nl.go.kr)와 국가자료종합목록시스템(http://www.nl.go.kr/kolisnet)에서 이용하실 수 있습니다. (CIP제어번호: CIP2020037507)